Seba

Seba

蝴蝶館 36

異語

Seba 蝴蝶 ◎ 著

elegantbooks

楔子　子不語

我一定是刺繡刺到眼睏，所以睡著了。

無聲的躓鬧伴隨著森冷的風，不斷的搖動不太牢固的落地玻璃門。我所住的地方，常有雲霧，但這是因為樓層太高，而這個方位又聚陰之故。

這大樓也蓋了一、二十年了，頂樓加蓋的空中花園美侖美奐。但之前發生過慘劇，所以再也沒有人敢住。

至於有多慘，實在我不知道。因為滿身是血的女主人蹲在牆角，從來沒有轉過頭，抱著她斷裂並成枯骨的手，沒開過口。

既然她文靜不礙人，當然我也就無所謂。遷居到此四、五年了，一直都很平靜，也沒什麼人會上樓，我在這個躓鬧又吵雜的繁華都市，安靜的隱居。

但今晚，卻有種莫名的騷動讓我很心煩。

落地玻璃門霍然被打開，我滿屋子的書畫被颳得亂飛，連刺繡到一半的絹帕都獵獵作響。一個年輕的孩子，約十六、七歲吧！撲了過來拉我的衣角，大嚷著：「救命！救命啊！」

他的眉間，鑿著一個深深的洞，一隻鬼眼看了出來。

我詫異了。但還來不及說什麼，他被某種東西捲住腳，拖了出去。

從我的家，拖出去。

長久以來，我鮮少動怒。但這跟鳥雀入懷求生，卻被人硬從懷裡掏出去殺死，一樣令人不愉快。我吃力地拿起楞杖，拖著腳走出去。

走一步就抽痛一下，我的左半身，左手和左腳，甚至我的左臉，都佈滿了厚實的疤痕，宛如被火焚盡。可能的範圍內，我是盡量不想動的……但踏進我的家門，隨意處置家裡的任何客人，我就不能坐視。

那團腐爛、惡臭、怨氣沖天的鬼東西，所謂的冤親債主，正戲耍似的抓著那孩子。看我走近，他發出低低的咆哮，「看什麼看？再看就吃了妳！」

「這是我家，請你離開。」我冷冷地說。

「這小子壞了我的事，擔下了因果！」他大聲叫囂，「既然擔下了因果，就該讓我一次討還，這是規矩！妳這妖不妖、人不人，被吃殘的妖人旁邊苟延殘喘去！別來礙我的事！」

「安靜。」我一直壓抑得很好的怒氣漸漸沸騰。

「妳是什麼東西敢叫我安靜……」

沒等他話說完，一根佈滿荊棘，兒臂粗細的尖銳藤蔓已經刺穿他。我身上粗厚的疤痕瘋狂的化為藤蔓，貪婪的撲向這個大言不慚的倒楣鬼，絞緊穿刺，連一點鬼體都沒放過，僅僅剩下一些惡意的殘骸，頃刻就開起碗口大的、鮮血似的花朵，重重疊疊，散發著濃郁到令人頭昏、微帶著金屬餘味的花香。

踉蹌的站直，我用完好的右手按住幾乎無法控制的左手，深深的吸了幾口氣，一遍又一遍的念白衣神咒。幾乎伸到那孩子的藤蔓，心不甘情不願緩緩退離、乾枯，最後恢復成我左身厚實的疤痕。

開在殘骸上的花，瞬間凋零，漫天落英凋紅，似春淚。

痛得緊，痛得不得了。但我還是俯身看看那個孩子，他已經嚇昏過去了。

眉間的鬼眼咕轆轆的，想逃卻無路。

人呢，真是一種好笑的生物。懼怕鬼怪妖物，卻又這麼深深著迷，以為可以跟這些異類有什麼作為。著迷到……可以交出自己的髮膚、八字，甚至性命，如此無知的讓人開什麼「天眼」。

結果只是安個鬼眼在裡頭，白白成了人家養鬼的巢穴。

這還只是縮短性命而已，自不量力，還去擔別人的什麼因果。

但這隻小雀兒已經入懷，哀求過生命。看不見便罷，既然看到了，總不好撇開頭。

我伸出連彎曲手指都有困難的左手，挖出他眉間的鬼眼，順手捏合。那隻小鬼掙扎著，吱吱慘叫。手指上的疤痕蠢蠢欲動。

唉，到我這地步，已經不愛無謂的殺生了，哪怕只是一隻小鬼。隨手將他按在地上，指上的血染地，將他困住。

正苦惱要怎麼將這昏厥的孩子搬進屋裡，剛好郎先生來了。

他看看地上的小鬼和孩子，對我皺了皺眉。「朱移，妳不好去動人類術師看中的鬼巢，以後會有麻煩的。」

「我也沒指望他銜環結草，應該不要緊吧？」我吃力的撐著枴杖，郎先生輕鬆一托，就讓我站直了。「郎先生，煩你把他帶進來。」

他將那孩子抓起來，像是拿起一件衣服。「要不，我去幫妳除了根吧！」

「何必多擔殺孽？」我淡淡的說，「這術師手段不如何，我還打發得起。」

「朱移，妳不宜動怒。」他輕輕搖頭，雖然不贊成，還是代我安置那昏厥的孩子。

他高大的身材進了我的小屋子，倒有些窘迫。

「怎麼突然來了？不是說南方有大案子嗎？」

我喚出阿魁，她面無表情的擺出茶桌，我開始泡茶。

「告個段落了。」郎先生揚了揚一包杏仁花生，「咱們認識七十年整了，算個小紀念。」

原來已經這麼久了。再兩年，我就百歲整壽。只是別人是老壽星，我是老受罪。

落地玻璃門映出我的臉龐。半如火焚鬼面，半如年少稚女。一直到這個年紀才知道，容顏美麗並不值得花力氣去羨慕和追求，真正值得追求的，是平靜如常人般生老病死。

一生讀聖賢書，我父親甚至是個晚清秀才，私塾先生。雖然寒薄，也稱得上書香世家，孔子之徒。

沒想到，我這獨生女不但斷了朱家香火，甚至成了子不語的怪力亂神。

「……朱移，」郎先生遲疑了一下，「妳可怨我當初將妳救了回來？」

「郎先生說這什麼話？」我往他的茶杯倒茶，「若不是想活，誰也救不得……你照顧我這麼久的時間，感激都來不及，哪裡還能存抱怨呢？以茶代酒，先謝一杯吧。」

我將滾燙的茶飲盡。

之一　寄生

據說我出生的時候，剛好是改朝換代後的第一個月圓。

年已半百的父母好不容易得了我這個孩子，即使是女兒，也欣喜若狂。我那身為私塾先生的父親，看著美麗的月，將我取名為「玉蟾」。

玉蟾，就是月的意思。是個非常典雅又含蓄的名字。

襁褓中沒什麼問題，等我漸漸長大，娘親不只一次流淚的怨怪我父親，不該取這樣的名兒。

我的父親高大英挺，母親年少時還是鄉裡出名的美人兒。身為他們的女兒，我卻闊嘴扁臉，烏肩駝背，又矮又胖，稀髮薄眉，還真像隻蟾蜍。及長，大家都叫我蟾蜍姐，早已習以為常。

即使是這樣的女兒，我的父母還是疼愛非常。但他們心底也知道，這樣的女孩兒婚姻路上必定艱難。不管我女紅再精，書讀得多好，蟲草花鳥畫得怎樣讓人讚嘆……貌比無鹽就是完了。

十歲上我母親肺痨過世了。死前淚流滿面，為我的終身擔心不已。父親慨然應允，不管怎樣，都會好好打算我的未來，這才闔目辭世。

父親的確竭盡全力了。我們家算是鄉紳，有幾畝薄田雇人耕種，家裡還有兩個老僕打理，他課讀幾個村童，事實上也頗過得去。但他慮及身後，既不捨送我去當學徒吃苦，又想讓我有一技之長，於是慎重的到府城最大的繡莊拜訪，讓我磕頭拜師，學習裁縫和刺繡。

幸好我還在懷抱中時，就跟著爹認字學畫，有點根基，又同娘學了女紅，師傅對我不藏私，真讓我學了些手藝。出師還在師傅的繡莊工作，在那個年代，算是少有的年輕師傅。

漸漸有了點薄名，常有人指定我的手藝。那時我繡了無數神衣簾幕，但最多的還是嫁裳。

在我二十一歲的時候，父親過世。我以為我會這樣年年壓金線，繡完我這蒼白的一生，卻沒想到，世事總是難預料，就算是蒼白靜默，也是一種追求不到的幸福。

* * *

我對我的人生，並沒有什麼不滿足的地方。

或許是因為，我讀書識字，又在外走動，自食其力，見識當然比關在家裡的婦女多些。當妳聽多了家門內的慘澹血淚，各種糾葛，就會覺得這般冷淡過日沒什麼不好。

因此族伯族叔要為一些浪蕩子或羅漢腳說媒時，我都謝絕了。也曾允過收養族伯的孩子，可憐那年天花流行，還沒過門就早夭了，從此我就不再想收養任何小孩。

我守著爹娘的家，幾畝田，燈下繡著華貴燦爛的衣裳，和年老的僕人相依為命。閒暇時，整理我爹留下來的菊圃，秋來烹茶賞花，也頗為自在。

但我二十八歲那年的秋天，父親愛逾性命的菊圃，卻在一夕之間凋零殆盡。手把花鋤，我驚疑莫名。

在枯黃衰倒的園圃中，一苗翠綠迎風搖曳。這場景，看起來這樣眼熟。

這是第二次看到了。頭回發生時，我才五、六歲，卻像是刻畫在腦海裡那麼清晰。大約是因為爹實在太兇了，立刻把我趕出去，馬上封園。之後我只要靠近一點，就會大聲責罵，到他重金請了一位師公來「處理」，才鄭重開園。

那園荒廢了好幾年，連根草也長不出來，不管怎麼灌溉施肥都沒用。直到我母親過世那年的春雨，才將菊圃洗清。

但現在，卻又這麼樣了。

踏過滿地殘敗花瓣倒株，只是一夜，居然脆然粉碎，踩在上面，發出沙沙的聲音。我蹲下去看那苗青翠，觀葉察形，似乎是月季。但菊圃從來沒種過菊花以外的東西，我確定昨天澆花的時候沒瞧見過。

只一夜，已經有尺餘，並且緊卷著嬌嫩的花苞，散發出一種濃郁微帶鐵味的氣息。

其實，我並不是想除掉它。只是覺得這花在這兒吸盡地氣，不容他株，太過霸氣了。俯身試著想拔起來，移入花盆……

花梗上細柔的刺卻狠狠地扎入我的指腹，同時響起尖銳的狂笑，我嚇得跌倒在地，而我手上的那株月季，居然消失無蹤。

手指非常、非常的痛。血一滴滴的滴下來，我吮了吮手指，試著平靜自己的慌亂。

當天驚嚇過度，我連晚餐都沒吃，就睡了。但從這一天起，我漸漸的虛弱，幾乎一病不起。

直到我略好些起身梳妝時，我的面容和身體徹底改變了。膚白面細，宛如那株月季。

但我虛弱得連房門都走不出去。一生克制守禮的我，居然夜夜陷入濃情的春夢之中。

其實春夢的內容，我真的記不清了。但醒來總是四肢痠軟，疲憊欲死，心口突突地跳，有幾分亢奮，卻有更深的羞恥。

真不明白，我算是念過書的女人，一直很潔身自愛，即使在外走動，也目不斜視。為什麼會做這樣淫邪的夢？

夜裡春夢糾纏，日裡虛弱漸深，食不下嚥。最終我只能喝水，蜷伏在窗下，曬著太陽打瞌睡。外表完好，內在卻漸漸消耗殆盡。

不到半個月，我連梳洗都有困難，一跤跌倒，一口氣幾乎喘不過來，我想，我真的快死了。

真不懂，到這種地步，我還不想死。明明生無可盼，但我就是還想活下去。

哆嗦的爬起來，我扶著妝台坐下，呆呆望著銅鏡裡美麗的容顏，非常陌生。我突然希望這一切都不是真的，我依舊是醜陋的蟾蜍姐，卻可以健健康康的走動，燈下刺繡，閒來整理菊圃，心有所感，可以玩玩丹青筆墨。

將來我會漸漸蒼老，從蟾蜍姐變成蟾蜍嬸、蟾蜍婆。無憾無恨的生老病死。

而不是現在耽一個我不認識的美貌臉皮，夜裡做著羞恥的夢，醒來卻面對自己來日無多的虛弱。

飛快的拭去落下來的淚水，我想划下鏡袱……卻在銅鏡裡看到我身後有個男人。

這一驚非同小可，我猛然轉身，感到一陣頭暈目眩。那個男人扶住我，「朱小姐，莫怕。我是郎家宗親，想同妳商量郎世宗先生的事情。」

他很快的放開手，殷勤的倒了一杯水給我。

我迷惑的看著他，不知道他是怎麼進來的。我家老僕重聽，眼睛也看不太清楚了，但脾氣非常的壞，誰也不能進我們家門。為什麼會放這個陌生男人進來？

他長得非常高，肩膀寬厚，眼神如電。頭髮剪得很短，但髮質粗硬。表情雖然溫和，卻內蘊著隱隱的桀傲不馴。他手裡抓著一頂帽子，身穿長衫。

我不認識他，也確定父親的故友沒有這個人。

「……郎世宗……是誰？你又是誰？」我愣愣的問。

「他……咦？」他仔細的看著我，「咦？怎麼會這樣？」他端詳了好一會兒，兩道刀裁似的濃眉漸漸聚攏，自言自語似的，「莫非我錯了？抱歉，朱小姐，我先告辭。」

他踏出房門，瞬間消失了蹤影。

疑真似夢，我呆了過去。

但那天晚上，我就沒做任何夢，終於有了一夜穩眠。

只是第二天，他又來了。

一樣是無聲無息的出現，但這次我就沒嚇得那麼厲害。他依舊客氣有禮，

「朱小姐，我姓郎，名七郎。我母親是府城人氏，父親來自犬封。」

犬封。我讀過山海經，但我沒想到裡頭的遺民會走到我面前。我終於知道

為什麼他出現的時候，我會有那種莫名的壓迫感。

因為他不是人……起碼不完全是。

「……郎先生，你二度造訪，到底有什麼事情？」我問。

「我受宗親之託，希望朱小姐同意和郎世宗先生離緣。」他平靜的說。

我有點想笑，並且荒謬絕倫。「……我沒嫁過人……就算不是人也沒嫁

過。」

他定定的看著我，眉頭再次皺緊。「朱小姐，我想妳也看出來了，吾等乃異類。人與妖共存於世，自有其規則與秩序。這次是郎家理虧，若妳同意離緣，郎家同意負擔妳往後的生活，並且加以補償。」他將一張產業清單遞給我。

我略看兩眼，不太感興趣的還給他，「不用了，你看不出來？我快死了。我不認識什麼郎世宗……要離緣就離緣吧，你們高興就好。」

「有妳這句話就行了。」他含笑的站起來，「朱小姐快人快語，郎某感激不盡。」

都到這地步，還有什麼值得怕的？「郎先生慢走，不送了。」

他反而停下腳步，定定的看著我。「……朱小姐，妳的權利，郎某會力爭到底。」

我忍不住笑出來。他這個公親倒是作得很不偏心。「謝你心意了。但凡死人，是不用任何權利的。」

「……朱小姐，妳想死麼？」沉默良久，他突然冒出這句。

「我不想。」我乾脆的回答，「但天不從人願，自古皆然。」

他欲言又止，不知道想說什麼。終究還是碰碰帽簷，離開了。

然後，我再也沒有做任何春夢，只是虛弱的速度，變得非常劇烈，我連床都下不了，甚至連水都不得飲了。

我心底明白，就快了。但我沒想到會有如此荒謬之事。

在郎先生拜訪後第十日，我試著下床梳洗，卻重心不穩的滑倒，擦傷了左手。見血處，劇烈的疼痛，冒出了小小的花芽，頃刻就怒放了碗口大的月季花，重重疊疊，香得令人頭昏。

這一朵誘發了下一朵，我痛到慘叫，但迸裂鮮血的花卻開滿了我整個左半身，甚至連房裡的木桌、木椅都發狂似的開著豔紅的花，佔據了窗櫺和木門。進來察看的老僕立刻被吞吃了，淹沒在花海，只叫喊了兩聲，就沒了氣息。

這東西……會吃人！心底寒氣大盛，我連忙奪門而出，拖著鮮血淋漓的左半身。每走一步路，發瘋似的紅花就沿途盛開。村人對著我尖叫，拿出鋤頭和菜刀，卻不敢靠近我。

我……我想不起要害怕，甚至想不起眼淚。我只想在不可收拾之前，能夠逃到深山裡，活活餓死我身體裡的紅花。

就在我視線模糊，搖搖欲墜，氣力即將用盡時，一隻大手緊緊握住我正在盛開血花的左手。藤蔓和花朵瘋長，幾乎將郎先生整個包住。

他指端出現小小的火苗，「……我發現得太晚。朱小姐，恐怕只能斷根了。」

不想死，但也不想害死別人。老僕臨死前的哀號還繚繞在我耳畔。「斷了吧！」

我閉上眼睛。

如在夢中，鮮明帶著花香的惡夢。

事實上，郎先生應該將我燒個乾淨，連帶將「禍種」燒死才對。

但燒盡了左半身的藤蔓花朵，燒傷了肉體，尖叫推擠的禍種卻怎樣也侵蝕不了我的右半身，讓郎先生撲滅了火，反過來救了我。

這其實是非常冒險的，後續也非常麻煩。

到今天，我還是不知道郎先生為什麼救我。雖說他搪塞郎家為了補償我，允了他極大的好處，我若死了就沒了。但郎先生一直是個不太重視物質享受，任何事情都不太有所謂的人，我總覺得只是個藉口。

我猜，因為他是隻半妖，所以對我這妖人分外感到親切。也可能是在烈焰中，我把心底的願望說出來了……

我，不想死。

他帶著奄奄一息、猶然冒煙的我走了。甚至為我蓋起一棟封閉如石棺的石屋，位置在陰雨綿綿的荒涼北部海邊。日後成了熱鬧的基隆港。

但我在那裡養傷十年時，還是一片荒涼的海岸，鮮少人煙。

這和禍種的生存條件相違背。這妖孽似的花，因此大幅度的枯萎、衰弱，卻牢牢的盤據著我，讓我飽受病痛之苦。我花了十年的光陰才徹底壓倒，取回自己的宰制權。

這麼長的光陰，郎先生親自照料我，若他有事要離開，也喚出他親製的傀儡看顧，後來更把阿魁送給了我。

郎先生是隻半妖。

他的母親是府城的商家小姐，讓他的父親看上了。但他的母親終究是個人類，府城剛好流行了一波傷寒，他父親有事遠遊，回來時只餘小姐的一抔黃土，和極盡最後力氣生下來的骨肉。

這個小小的嬰孩，卻有條頗精神的狼尾。傷心欲絕的父親將他帶回犬封國，沒多久就病逝。

犬封，又稱犬戎。曾經與龍或鳳爭過天下，曾經顯赫一時的大妖族，至今猶然潛居人間，繁衍甚多。外邦亦有他們的眷族，稱為狼人或人狼，聽的時候我像是聽說書的鏡花緣，直到西風漸進，至今繁華到無國界的地步，我才偶然的看過一個西方來的狼人……此是別話。

當時的七郎讓伯父收養，為了掩飾他半妖的身分，當作自己最小的孩子撫養，正好行七。他溫和聰敏，很討大人喜歡，法術武藝皆佳，但很聰明的不愛出風頭，族裡長老笑嘆他偷懶不盡全力，但也憐他美質，很是照顧。

但年紀小的時候看不出來，等他成年，就和一般狼孩有別。族裡長老震驚，逼問伯父，這才知道他原是半妖。

犬封很重血統，原本半妖是不能帶進來撫養的，還教了一身法術武藝。但這樣疼愛的孩子，又不能一掌打死。萬不得已，讓他離族自立。

七郎也沒什麼話，依舊溫和平靜的離開，到人間生活。但他的身分就很曖昧的踩在妖和人當中的界限。既通曉人情世故，又懂妖族諸般禁忌。

幾千年來，人類早沒有巫可以溝通異族，排解鬼神間的糾紛。但人和妖雜居，不免有些摩擦。人類個體柔弱，團結起來卻頗為可懼，再說人類中有那出類拔萃的修道人，出手殘酷。妖族又不太理會人間規矩，往往會爆發嚴重衝突，還不知道問題出在哪裡。

很奇妙的，七郎補上了這個缺失的環節，成了一個人與妖的「公親」。人類的修道人親切的喊他「郎仲連」，取「魯仲連」之意。妖族也稱他使者，意思是溝通妖、人兩方的特使。

他會去拜訪我，就是因為這個特別的使節身分。

雖然被驅逐出犬封，但他和伯父家的關係很好，郎世宗算是伯父的旁系子姪輩，託他去看看，他也不好推辭。

雖說看到郎世宗大吃一驚，委頓頹唐，像是被採補到乾涸，神智已然不清，顯見是被迷惑心智。但他見多識廣，雖說人類採補眾生少有，但也不是沒有例子。

這人類小姑娘不是有高人指點，就是天賦異稟。再說是世宗去惹人家的，於理也說不過去……世宗娘子哭得死去活來，苦苦哀求，寧願放棄所有家產也想救回郎君。

雖說他也有幾分疑懼，終究還是來了。

頭回來，他還吃了一驚。因為我被採補得更厲害，只剩一口氣了。他還疑惑是否找錯家門……再三確定後，他更納悶，只能將世宗綁起來禁錮。又再度拜訪我，要我同意離緣。

我一同意，就解開了郎世宗的「迷惑」。將養了十天，就漸漸恢復了。

「等我想通關節，已經來不及了。」他嘆息，「我早就聽說禍種即將出世，也知道這島在劫難逃……卻沒想到禍種會寄生在妳身上，還去迷惑犬封家的人。」

「……我只知道夜夜春夢。」我嗚咽微弱的說。

沉默了一會兒，他溫和的問，「妳還想活嗎？」

「想。」我壓下哽咽，「我想。」

「那就活下去吧！」他點點頭，「好好活下去。」

我曾經納悶、不解，也曾經陰沉，憂鬱。我不懂自己為什麼淪落到這種地步，還吊著一口氣，怎麼樣都不想死。

花了十年的光陰，我無暇多想，每天都在跟禍種爭鬥，竭盡全力的搶奪我的意識、身體。直到禍種枯萎，化成我傷疤的一部分。

甚至我還學會了念經，日日夜夜的誦著白衣神咒。

但這些，不是拔救我於憂鬱之中的主因。

最主要的是，我終於可以拿起針和畫筆。

在某個罕有的、感受不到病痛的初夏清晨，我終於拿起塵封已久的繡繃和針線盒，在和煦日光下做著針線，像是我還在老家時那閒散的光景。

那一刻，我熱淚盈眶。

說我不怨也不恨，我想沒有人會相信。但別人能怨能恨，說不定是種幸福。還能怨恨，就是擁有的還很多，所以失去的顯得非常慘重，渴望著圓滿。但我託賴的是一個半妖的善意和照顧，除此之外，一無所有。

所以哪怕是重拾針線這樣微小的幸福，對我來說已經巨大得是僅存的全部。

等我能自立，郎先生才悄悄的離開，幾個月來看我一次。他若來，我就烹茶以待，聽他說漫長旅途的所見所聞。

他若不來，我就做做針線，養花莳草，看看書，畫畫圖。時代前進的速度非常快速，郎先生又是個跟得上潮流的人物。電視才剛上市，我就有了一部有拉門的電視。電腦還是286的時代，他也替我弄了部來。

但不管外界的變化如何劇烈，我還是盡力過著和往昔相似的生活，並且隱居在這個都市之中。

本來以為，隱居之後，我就從人世的舞台退下來，但我發現，只要還有一口氣在，我依舊認同人類的身分，我就依舊還在人世之中，不管我隱居得多麼深。

像我救了那孩子，我以為他會嚇得再也不敢回望……但某天早晨，我卻發現門口有束霞草，上面附張卡片，寫著兩個字「謝謝」，連署名都沒有。

傷腦筋。沒有銜環結草，卻送了把花來。但我覺得……今天的陽光，分外燦爛。

這幾天的辛勞，不太算是一回事了。

郎先生說的是，我干涉人家看上的鬼巢，不可能沒事的。郎先生前腳才走，幾個小鬼就砸了進來，往我直撲……

卻掉進我剛畫好的鳥籠裡。

就是這樣，我才比較喜歡做針黹，而不是畫畫。我畫的東西往往留不住。

但這次，倒是請君入甕。

這是禍種殘存的妖力，還是我被吃殘以後被激發的天賦，連郎先生都說不出個所以然。但我也的確不用持咒畫符，只要畫好，把圖掛起來就行了。

沒兩天，畫裡的鳥籠重重疊疊的擠滿小鬼，再裝下去恐怕會爆掉。而那術師不斷的派雜碎刺客來，我真的有點煩了。

而且他養了這樣數量龐大的小鬼……一個人絕對供應不上。大約同那孩子相同，騙些無知的人，說什麼開天眼，事實上是弄成個養鬼的巢穴吧。

一怒之下，我將我最大的紙拿出來，取出最大號的毛筆，細研了一缸墨，畫了一個氣勢磅礡的魚網，並且朝上面寫了幾行字：

昔蛛螯作網，今之人循序。欲左者左，欲右者右，欲上者上，欲下者下。吾取其犯命者。

這個典故出自《新序雜事》，是成湯王說的。我雖遠不如他心地仁慈，但也不喜歡殺生過甚。

但這些小鬼真的缺心眼，也說不定不識字。這羅網一開，幾乎一網打盡，刺客日稀……我猜是能派不能派的都出盡了。

隔月郎先生再來，瞧見一屋鬼啾，不禁啞笑。「妳身子就不好了，哪擔這些鬼兒日夜攪吵？」

「中元將近了，到時候拜託一起帶走吧！」我淡淡的說。

「我面子可沒那麼寬，於例不符哪。」郎先生看了看，皺起眉，「傷這麼多無辜性命，耗損多少人福報，就為了一己之私。」他轉頭看我，「交給我處置？」

我點了點頭。

他瀟灑的揮手，說：「哪兒來就哪兒去吧！冤有頭而債有主。」那些小鬼兒化成一群蝗蟲，呼嘯的飛走了。

「那術師還想有根骨頭留下？」我輕笑。

「歡喜作就要甘願受。」郎先生也笑，「愛開天眼不是？讓他開得滿身是眼。」

後來我在一則地方新聞看到了個奇聞軼事。某個「高人」突然長了無名瘡毒，全身潰爛。醫生診斷不出來，哀號數日而死。

看圖片，真是身上沒有塊好肉，開了大大小小的「天眼」。

我莫名被寄生，痛苦莫名，成了這副不死不活的德行，避之猶恐不及。人類卻自找寄生，還幫人寄生，最後因此而死。

不可謂之不奇。

我吃力的將畫軸收起來，上面已經空白無一物。

之二　瞌睡蟲

這是個潮溼多雨的城市，地氣太暖，北國之櫻原本就難養下。但我屋前卻有棵野櫻，春來怒放，壓得枝枒都低垂。

當初我和郎先生一起看中這破敗居處，就是因為這棵野櫻。

美得這麼危險，像是下一刻就會委落泥塵。

雖然被禍種寄生，我依舊愛花。郎先生說不定比我還痴。每每我若移居，他都會設法把舊居的花樹移過來，移不過來的，也移往山林，不讓人糟蹋。

所以每年野櫻盛開，他再忙也會硬擠出花期間的休假，住個幾天，直到櫻花落盡。

我和他，都是客居在人間，一直沒什麼安穩的時候。文明進展甚快，往往逼人移居。我曾住在墓園附近，指望可以安居段時間。不到十年光陰，繁華就到眼前，墓園還大舉遷移，蓋起豪華的飯店。

好不容易熬受過了施工驚人的噪音，來佈置飯店的所謂大師又讓人不安生。這年頭高人都自格兒封就行，學得似是而非，反而攪擾更甚。郎先生也煩了，終究把居處賣了，遷到年年淹水的社子島。哪知道也沒幾年，連這兒都蓋滿房子，郎先生氣極反笑，剛好讓這兒的野櫻迷住了，勸我來看看。

當初來的時候，這個原本雅緻的空中花園，所有的玻璃都破個乾淨，滿地灰塵，池枯草敗，屋裡還有橫死的女主人沒走。

但那株野櫻，讓一切麻煩都不算什麼。

我當天就住進來。雖然體弱，幫不起什麼重活，但我坐在櫻花下繡著窗簾桌布，看著郎先生一塊塊的換玻璃、施木工。他的傀儡只管打掃內外，整個木工裝潢都是他一個人做起來的，等水電師傅來的時候，已經忙得差不多了。

這原本是個溫室吧！我想。原本的主人將起居室設計成通透的玻璃屋，後面的臥室和客房才用原木打造。郎先生沒改動什麼，只是換上玻璃，洗掉屋裡和臥室的血跡，另用原木搭了個玻璃門外的前廊。

前廊可以乘涼賞花，後來成了我最喜歡的地方。只是我身體不好，坐不久罷了。

屋前屋後，郎先生辛勤的佈了不少花種幼苗，一、兩年的光陰，就欣欣向榮、生氣蓬勃。我想這比任何居所都讓他喜歡，往往經月就來。

尤其是這個花季。

那天他來的時候，我不知道。幾日陰霾，意外的放晴。我坐在櫻花樹下，正在繡著一道複雜的滾邊。工夫大了，我有點頸痠，抬頭望著飄搖的櫻花，密密細細，如低語般，飄了幾瓣嫣紅。

心有所感，我輕輕哼著舊居孩子們的合唱曲，「春朝一去花亂飛，又是佳節人不歸……」

連珠淚，和針黹，繡征衣。繡出同心花一朵，忘了問歸期。

還有人能繡征衣，算好了呢。我自嘲的想。不清不白跟了個妖怪鬼混，我還不記得他長什麼樣兒。

「怎不唱了？」郎先生突然出聲音，把我嚇了一大跳，臉孔脹紅了。

「……就隨口胡念。」咳嗽兩聲，掙扎的想站起來，他順手一托，像沒費什麼力氣。「幾時來的，怎不出聲？」

「妳在那櫻花樹下，圖畫似的，像隻小夜鶯似的唱，捨不得喚妳。」他輕笑，「還沒見過妳這麼慌張。」

有什麼好慌的？我自己也笑了。「規矩家的小姐，是不唱歌的。」

「我忘了妳是書香千金。」他一臉輕鬆，「幾時開的？」

「還沒大開呢，大前天才初訊。」我撐著枴杖，「廊前坐還是屋裡坐？」

「廊前吧，有什麼好茶賞我喝？」他坐了下來。

「最近沒什麼好茶，網路上我訂了風評不錯的梅酒，要嗎？」

「這個倒好，賞櫻飲梅。」他拉我坐下，「讓阿魁去拿就得了，送妳個小玩藝兒。」

他取出一個小玻璃瓶，一隻小巧玲瓏的蟲兒滾來爬去。樣兒有些像是比目魚，雙眼駢生，通體透明。

「……這不是凡人瞧得見的蟲。」我對光看了一會兒，「這是什麼？」

郎先生笑了起來，「這次南邊的事了，又遇件有趣的事兒。等等我告訴妳……好玩得緊。不過這瞌睡蟲很猾頭，妳先朝罐子上畫隻伯勞鳥，妳邊畫，我邊說。」

「我畫的東西都留不住呢！」說到這我就無奈，「上回答應畫給你的蟋蟀，沒來得及畫籠子，跑得乾乾淨淨，整夜整夜的吵死人。」

他大笑，「這是好還不好呢？算了，橫豎在這院子裡，晚點我自格兒去抓。這次有這瞌睡蟲作餌，伯勞捨不得跑的，放心。」

他說得那麼肯定，我也就將信將疑的喚阿魁拿畫具。

我知道郎先生去南邊是因為一起妖族的家庭糾紛，但不知道內幕是這樣荒唐好笑，還曠日費時的糾纏這麼久。

郎先生說，南部某山有隻快修成蛟的蛇大王性好漁色，除了元配外，還娶了七房小妾，居然妄想娶赤眼狐家的狐娘子當第八房。

「赤眼狐就三姊弟，咱們住社子島，她家小妹還跟來喝茶，記得不？」郎先生喝了口冰鎮的梅酒，「這酒好哪，清爽。妳體弱不能多喝，但喝一、兩口無妨。」

我就著他的杯子喝了一口，果然好，可惜我多喝不得。「我記得，叫作青蓉，對嗎？」

「是，就是她。」郎先生坦率的笑，「纏人的小丫頭，跟她那多心眼的大姊可不同。」

我詫異的看著郎先生，忍著沒笑出來。果然他一點感覺也沒有，狐小妹的俏媚眼真作給瞎子看了。青蓉小姐看起來嬌憨可人，但心眼可一個也沒少。她硬跟著郎先生來喝茶，哪裡是喝茶而已？她就想來看看向來淡漠無緋聞的郎先生，到底窩藏的是什麼貨色。

想來她是安了心，再也沒來過了。

可歎郎先生這麼精明，居然沒看出她的心思。

「……狐娘子可是好相與的？蛇王百般追求只給他白眼，軟硬釘子都碰過，蛇王惱羞成怒了，揚言他看上的姑娘沒不到手的，還說要翻了赤眼狐的老巢……」

「這可糟了。」

「可不是？」郎先生捧著茶碗笑，碗裡蕩漾著蜜樣梅酒，「狐娘子是什麼人物？哪裡咽得下這口氣。這隻多心眼的狐狸嘴裡虛與委蛇，跑去跟蛇王的元配和七房小妾哭訴，還用上天魅哪……」

赤眼狐娘已經是快成仙的狐狸，天魅更非同小可。被魅祟的蛇王妻妾，新仇夾舊恨，差點把蛇王打死。清醒過來以後又捨不得，口口聲聲要替郎君報仇，開始招兵買馬。狐娘子也是個潑辣貨，恨這起妻妾敗女人面子，破罐子破摔，也找舊交助拳。

一南一北，兩幫女人就要火拚了，惹得妖族的老一輩頭痛不已，才央郎先生去疏通疏通。

「兩邊都沒什麼事情，只是爭口氣罷了。」郎先生笑道，「癥結就在那個躺在床上裝病的蛇王。」

「那你怎麼解決？」女人家就這點不好，綠豆大的動機，搞到潑天的殺意。

「我在探病的時候呢，朝蛇王的床底下扔了團雄黃艾草。」他低頭飲梅酒。

……蛇不就怕這個嗎？

「是呀，前一刻奄奄一息，眼見就要斷氣的蛇王，突然龍騰虎躍的跳起來，精神百倍的跑了好幾百丈哪……」他揚了揚眉，「原本殺氣騰騰的蛇王妻妾，更加殺氣騰騰……的去追他們那個裝死、裝烏龜的老公，原本要打的架呢，也就免了。」

我聽得發愣，細想那場景，忍不住也笑出來。

「我去尋狐娘子，跟她說明，她笑得花枝亂顫，要我允件事情，她也就罷了。」

狐娘子說，她前幾年度雷災的時候，得一戶平常人家庇護。她有心還人情，剛好那戶人家的孩子有小災，但狐娘子故人師門的不肖弟子插手了，她兩下為難，請郎先生去幫個手。

「那戶人家，開著機車行。那孩子稀奇，居然是聚蟲的體質。」郎先生滿眼驚嘆，「沒聚別的，就聚瞌睡蟲。所謂相生相剋，孩子是聚蟲的，爹娘反而是剋蟲的，在家呢，萬般皆好，但出了大門，就一路聚著瞌睡蟲，走到哪睡到哪。」

這本來是小問題，頂多是上課打瞌睡罷了。白天睡飽了，晚上睡不著，倒也能用功，成績不算太壞。

但有個江湖術士卻把事情說得嚴重無比，說他跟了鬼怪，得要辦法事消災。家裡人不懂，又看術士說得有來有去，也慌張了，就花了大錢辦法事，沒想到孩子精神越來越差，連家裡的人都開始打瞌睡，精神不濟。

只好花更多錢求神拜佛，鬧了個雞犬不寧。

「……這些修道人是修些什麼東西？」我覺得很無奈。

「認真裝神弄鬼，一點都不懂，那也只是訛詐點錢財。」郎先生嘆氣，「一知半解，似是而非。若不是狐娘子交代別傷他，還真的乾脆給他個痛快。用驅鬼的方法驅蟲，反而越驅越多，弄到會傳染呢……」

「瞌睡蟲會傳染？」我吃驚了。

「會呢。妳沒發現，一個人打呵欠，其他人也跟著打呵欠？」他輕笑，「只是瞌睡蟲本來傳染力很低，讓那術士胡攪，傳染力反而增強，連剋蟲的父母都染上了。原本是小恙，結果成了大病，妳說這起江湖術士該不該死？」

待要不管，現代人開車行走，路上車水馬龍，一個弄不好，就會出人命。狐娘子託付了，也不好不辦。驅蟲容易，但讓那江湖術士居功，郎先生又覺得不甘心。

他外表正經溫和，骨子裡卻促狹。他演了齣戲，倒是嚇破了那個江湖術士的膽子，大約可以安分個幾年。

郎先生號稱「郎仲連」，人面極寬，各方都有點交情，妖族不消說，連魔族都有一點兒。

他將瞌睡蟲最喜歡的某種奇異酒母托在掌心，像是吹笛人似的引走纏繞在那戶人家的瞌睡蟲，然後悄悄的扔進了那個江湖術士的身上。

凡是被瞌睡蟲纏身的凡人，多多少少都有點抗體，還能應付日常生活，所以瞌睡蟲一直都不是什麼大患。

但這個術士據說是某名門正派的不肖子弟。雖然被驅出門牆，學的還是正統道術，不知道多少年不曉得瞌睡的滋味了，可說是沒絲毫抗體。若是少數幾隻，那還可以用道行熬過去，但遇到這樣滔滔滾滾的蟲海，也是毫無辦法的睡著了，哪堪郎先生還幫他「加料」。

不知道郎先生是怎麼說動一隻名為「夢魘」的夢魔的，自識甚高的夢魘向來不睬任何人，遑論妖或人。但這次不但出馬了，還料理得很完全，那道士睡了百日，也足足讓惡夢糾纏了百日。

過去做過的每件虧心事都好好複習過一遍，還讓苦主凌虐糾纏……好在他師門道學真是厲害，保住了性命和神智，沒死掉或發瘋。

＊　＊　＊

「等他知道，看饒不饒你。」我笑著說。

「不饒我的又不只這一個。」郎先生不在乎，「現在的孩子怎麼說的？嗯……我有朋友我超強？」說完他就到院子拔了幾根草，結成一個草籠，翻著石頭找蟋蟀了。

「找這做什麼呢？」我不解了，「這是虛幻的蟋蟀，十天後就消失了呢！」

「是呀！」他看著草籠裡蹦蹦跳跳的蟋蟀，「真看不出來，這樣栩栩如生，卻只是虛幻的。」他轉頭含笑，「夢靨跟人打架，傷了嗓子，需要幾隻活生生的蟋蟀來重塑。」

他垂下眼簾，清風徐徐，枝枒細聲喧譁，櫻瓣如雨。郎先生也好幾百歲了，保持古人的習慣，留著烏黑的長髮。在我這兒一向都很隨意，早解了馬尾。在微寒的春風中，他的黑髮飛揚，眼神悠遠，看起來意態悠閒瀟灑。

「到我這個年紀，就不喜歡殺生了。即使只是幾隻蟋蟀。」他輕輕的說，「這個季節的蟋蟀就不好生活了，還去奪他們不長久的日子。」

所以他才要我畫幾隻蟋蟀來充數。

「這樣成麼？」我有點擔心。

「朱移的蟋蟀，是一定成的。」他回顏淺笑。

郎先生把草籠遞給我，翠綠新鮮的草葉上面還帶著露珠，我畫的虛幻蟋蟀，精神十足的嘹亮歌唱。

他把半盞殘酒遞給我，「大約喝上半盞無妨。」

我接過來，慢慢飲下。

這初春，因此滲了梅的酒香，櫻的緋紅，和虛幻蟋蟀嘹亮的歌聲。

那隻瞌睡蟲成了我的小蟲兒，養在罐子裡。我畫的伯勞虎視眈眈的瞪著瞌睡蟲，瞌睡蟲死也不敢出去。

於是瞌睡蟲在罐子裡，伯勞在罐子外，大道平衡，因此維持住了。

睡不著的夜晚，我將瞌睡蟲放在枕下，用我的清醒餵養他的睡意，相處得還算和諧。

櫻花凋盡的時候，郎先生又遠行了。隨著幾場急驟的春雨，這個四季模糊的城市迎來了蟬聲繚繞的豔夏。

翻著土壤，期待來春，與野櫻再度重逢。

之三　怒風

人類有種偏執的情緒，我一直不太了解，即使曾經為人，依舊會困惑。

那就是「報仇」。

當然，自己親舊不明不白的被殺死，自然會怒火填膺，恨不得殺了對方。雖然我早已無親無故，但照顧我這麼久的郎先生若被害，就算我這樣半殘的妖人，也會試著追捕兇手。

但重點是「不明不白」，簡單說，是無辜被害死的。若郎先生幹下什麼壞事被殺了，我也只能流淚去收屍，下半輩子專心祈禱他的冥福而已，哪有那個臉皮去報什麼仇。

但人就沒這種障礙。像那個謊稱開天眼、養鬼卻被反噬的什麼高人，他的親舊不怪他出手惹煩我，反而怪我沒脖子洗乾淨等著讓他砍，居然敢還手，真是罪大惡極。

但我個性一直都很消極，所以一直都是被動的防禦而已。我都快滿百歲了，什麼陣仗沒見過？這些都是小雜碎，沒什麼威脅性……說起來，我也太托大了。

那是個盛夏的夜晚。我正在起居室縫著郎先生的長袍。他上回不經意的抱怨了一聲，說現在大量製造的成衣頗粗糙，穿著不合身又礙眼，我暗暗記下了。我本就是裁縫師傅，縫製個幾套衣裳不但是小事，還可以陰繡別人瞧不見的護身符。

外頭鬧得緊，我也沒抬頭。反正也不會是什麼重要角色，掛幅畫就打發了，誰理那些外道兒呢……

一聲巨響，不知道是什麼東西把我的畫和玻璃一起打破了，洶湧的惡氣和邪物就從那破洞湧了進來，急切之中，我抓起縫到一半的長袍一擋，堅持了幾秒，就被撕破了。

「……你們真的是很煩！」我倒沒冒火，只是被纏得沒辦法，「這年頭沒井可跳，要上吊也不欠地方！想死自己乾淨找條繩子，別來淨惹我犯殺孽！」

「半枯的妖人，也敢動我的弟子？」一個陰森森的聲音冒了出來，「今天我就代我弟子報仇！」

心底一凜，疤痕還來不及化成藤蔓，我只能舉起完好的右手臂阻擋一下，痛徹心扉，不知道被啥玩意兒割了三道，鮮血淋漓。

讓我想不到的是，阿魁居然撲了上去，讓那老鬼撕成碎片。

大約有一、兩秒，心底一片空白。驅動得很慢的藤蔓突然瘋長，幾乎將侵入的惡氣和邪物一網打盡，整個屋子開滿淒豔的血花。那老鬼看勢頭不對，撞破落地門逃了。

留下一室狼藉。

我愣愣的坐著，直到蠕動的藤蔓自格兒覺得沒趣，緩緩的爬回來還原成疤痕。我的心空蕩蕩的，說不出是什麼滋味。

阿魁是郎先生做給我的傀儡，是很基本的咒語傀儡。也就是說，她沒有所謂的魂，只能聽命行事，甚至不會說話，面無表情。她外出購物的時候都得先等我寫好清單，直接拿給店主，因為郎先生做得非常巧妙，外面的人都以為她是個聾啞女孩。

但她照顧我幾十年了。從我在基隆海邊養傷，就在我身邊了。她甚至不是戰鬥型的傀儡，我也沒下令她撲上去。

呆了好一會兒，我想去拿掃把，但對著阿魁被打碎的傀儡身，我發現我辦不到。吃力的蹲下去，我連包紮傷口都沒想起，先將她的殘片撿到撕破的長袍裡頭裹了起來。

撐著枴杖，一跛一跛的走到櫻花樹下，挖開薄薄的土，將那包殘片埋了起來。

站在樹下，我站了很久吧……直到輕輕一聲咖嚓，我重心不穩得差點跌倒，這才驚醒過來。

我把枴杖給折斷了。心口翻湧著陌生的情緒，沸騰般。但疤痕靜悄悄的，沒半點動靜。

深深吸幾口氣，腳步蹣跚的走回屋裡，默默的打掃。看起來得自己去買根枴杖，不然行動太不方便。

當天我睡下時，面著牆，不敢轉身。

因為轉身我就會忍不住瞧著牆角。以前阿魁都會坐在那牆角，張開眼睛就會看到。

但我再也看不到她了。

＊　＊　＊

我不得不說，現代的電梯真是一項很棒的發明，不然我實在沒辦法爬那麼久的樓梯。當然，計程車也是，打通電話就有車來接了。雖然打這通電話讓我傷了腦筋，但這個純擺設的電話終究派上用場。

想想除了住進來的那天以外，六年來我沒離開過居處。關於這人世的一切，電視看到的還比較多。

以為我的容貌會驚世駭俗，但現在的人修為真不錯，沒人指指點點，甚至我吃力的爬進計程車時，守衛還來幫忙，細心的等我坐穩才關門。

我說了一個接近醫院的地址，計程車司機點點頭，殷勤的問我是不是要去看醫生。

「……不是，想去買把枴杖。」我笨拙的開口，「原本的壞了。」

「火災是吧？」他莊重的點頭，「水火無情啊！我上回載到一個小姐也是，真是可憐……」他開始暢談他載過的各種奇式傷殘人士，還誇我完整的半邊臉很漂亮，要勇敢走入社會什麼的。

原本不解，中途我才恍然大悟。他在繞著彎子鼓勵我。

……我年輕的時候，誰把臉燒爛了，是前世不修，活該。幾十年過去了，果然社會文明是會進步的。

我淡淡的笑，下車的時候給他一張千元大鈔，堅持不用找。他很開心，我也很開心。「這樣不好啦，要不，妳要回家的時候，再叫我的車？」他遞出名片，質樸的臉孔露出粲然的笑。

其實真的不是什麼大錢。舉凡金銀財富，越不需要的人反而會越多。我根本用不著，但郎家當年賠償給我的產業，郎先生管理到後頭，煩了，統統脫手，成了我銀行簿子裡的一行數字，後面足足有九個零。

去年年初郎先生給了一捆錢讓我收著，我用到現在還用不到三分之一，何況只是張千元大鈔？

但我還是收下名片，道了謝。一跛一拐的，慢慢的走入小巷。

這家小店在眾生間赫赫有名，其實不是做枴杖的。但我也看不出魔杖和枴杖有什麼不同，郎先生又給了我這家小店的地址。

年老的師傅正在專注的擦拭一把小小的杖，從眼鏡上緣看著我。「要什麼？」語氣很不客氣。

「我需要一把枴杖。」我將郎先生的名片遞給他。

師傅接了過去，看了看名片，又沒好氣的瞪著我，「妳就是七郎養的禍種？老兒從來不是做他媽的枴杖的！偶爾幫他做了一把，倒都成了我的事情！原本那把就算用個幾百年也不會壞……」

默默的，我將被我折斷的枴杖遞給他。

師傅一跳老高，慘叫出聲，「我的傑作啊～～這是上好梨骨烏心木啊～～」然後一串子聽不懂的話。

從語氣的慷慨激昂聽起來，應該是飆粗口。

他罵到開心了，才停了下來，老實不客氣的敲了一大筆工錢。我也沒還價，金錢對我沒什麼意義。

這麼昂貴還是有價值的，他答應做好會送來給我，我就省了一趟了。即使幾步路，我也覺得疼痛難忍。

師傅也好心，借了根純鋼的給我。千交代萬交代，要我別又折了。

雖然不太趁手，但終究有個代替品。我回去的時候腳步就比較輕快，不那麼痛了。

但我才走出巷口，心底就有種強烈不妙的感覺。

對面車道一輛聯結車，突然失控的撞過來。我所在的地方是醫院附近的人行道，來往行人極多，而聯結車頭上，一個活像無毛猴子的老頭張開無牙的口不住狂笑。

猛然被扯到一旁，聯結車轟然的撞上大樓牆壁。那老頭恨恨的啐了一口，消失了。

「……我還以為只有七郎會惹麻煩哪。」老師傅鬆了我的胳臂，「怎麼連他養護的花也是。」

我道了謝，愣愣的。這個時間靠近中午，車水馬龍，行人密密麻麻。這起可怕的「車禍」傷了不少人，造成連環追撞，甚至有人死了。

剛載我來的計程車司機，不知怎地，也在這團混亂之中。他的手無力的垂在破掉的車窗外。

我跛著走上前，用力扯開卡死的車門，「……司機大哥，別睡，睡了就別想醒了。」

他似昏非昏的抬眼看我，「我要去接寶寶。他……他放學了，該去接他了……」

救護人員將我擠開，將他抬上擔架。

「小花兒，別插手人世。」老師傅跟上來，低低的說。「斷了塵緣，就不是這世的人了。」

幸好這杖是精鋼製的。我想。不然非讓我弄斷不可。

「不來惹我，自然是這樣的。」我淡淡的說。心底的火苗越來越旺，洶湧狂暴，「惹了我，那就難說了。」

我轉身就走。

回到家裡，我把裱褙好的空白畫軸拿出來，並且拿出所有的畫筆、水箱、畫碟和顏料。

已經多年不畫工筆了。我父親沒跟什麼大師學畫，這算是家傳筆墨，爺爺教了我父親，父親教了我。那時代的文人多少都會一些，當作一種消遣，所以我的畫實在普普，也不是很有天分。

我真畫得好的，還是蟲草，花鳥次之，最弱的是山水。而且這幾年發懶，幾乎都是八大山人路線的寫意風，不怎麼想工筆細刻了。

但今天，我真的怒火中燒，以至於拿出刺繡的耐性，細筆精工的畫了一隻大鵬，說是鵬，但我沒見過，八成似鷹鷲，但我實在不適合畫得太像。

才剛剛點睛，這隻鵬就在畫裡展翅，颳得屋裡什麼東西都亂飛了。我忙著拿張預裁好的紅紙虛貼在鵬的眼睛上，這才暫時讓他安分下來。

往畫裡寫了幾個字：

怒而飛，其翼若垂天之雲。是鳥也，海運則將徙於南冥。

這是《莊子逍遙遊》裡頭的，我若不是氣極了，真不該動這種大傢伙。

坦白說，我不宜動怒。我怒火若起，就會合了禍種的心意。我若墮落到心魔手底，禍種就會侵蝕掉我，堂堂皇皇的出世。尋常時光我想使用禍種的能力，真是軟弱緩慢，只有我燃起無明之火，它才會狂喜的血腥演出。

我知道，我都知道。

取出衣櫃裡頭一件黑長衣，我也知道太誇張。這件黑長衣直到腳踝，袖口和對襟都繡著豪華的金線月季纏枝紋，足足有三指闊。布料不是凡間物，乃是玄蜘看在郎先生的份上，破例為我這妖人織的。金線的主體是郎先生的妖氣紡撚，我費了三年裁剪繡錦的。

我將長衣穿上，扣好，開始梳頭。

當初裁剪這衣服還以為沒穿上的時候，沒想到居然在這怒火大盛時，戰袍似的穿上。

活到今天，不是沒有遇過修道人尋隙，當中有幾次險極，有次還差點死了。就是吃這一嚇，郎先生才去弄了這布料金線來。

但我對那些修道人沒有任何怨言。

因為他們不是因為誤會，就是因為栽贓，才會對我這妖人大動干戈。他們怕我這妖人對凡人不利，或被誤導以為我做了什麼傷天害理，這才出手的。

從來不是為了一己之私，而是把仁民愛物寫在心底。

我到底是個人……最少曾經是個人。我了解，我明白，所以我不恨也不怨，就算差點死了也只有啼笑皆非的感覺。

但是現在，現在。我恨透了那個沒能傷害我的外道。我恨透了這些為了一己之私，學了點三腳貓的所謂術法，不把人命看在眼底的混帳東西。

妄行邪說，狡詐驕傲，自以為了不起的無恥之徒。

完全不配稱為「修道者」。

*　*　*

等我到了那家宮廟時，日已黃昏。

裡面諸多信徒，有的在搖晃身體，有的在哭或笑，檀香濃得令人頭昏，裡外都是迷惑人心的陰鬼獰笑。

乒的一聲，我將鋼製枴杖摔在香案上，「不相干的，滾出去。」

這聲大響打垮了香案，凡人瞧不見，但陰鬼兒可看得到從我疤痕化出來的禍種藤蔓，嚇得齊齊衝入內堂，哭嚎咆哮，可惜就不怎麼逃得過藤蔓的糾纏。金屬餘味的馥郁花香掩住了含著輕微迷藥的檀香，信徒都清醒了過來，等我再次舉起枴杖，就逃個乾乾淨淨了。

主事的居然是個女人，她尖聲叫著，「妳是誰？快，快叫警察啊～」

取出畫軸，我對她冷冷一笑，「來踢館的。」

展開畫軸，我拿開了遮著鵰眼的紅紙，高亢的鳴叫宛如雷霆，轟動震撼了這個昏黃鬼氣的宮廟。

狂風大作，虛幻之鵬只是懸停舉翅，就讓這屋裡大大小小重的輕的東西亂飛，長衣被吹得獵獵直響，我梳好的頭髮狂亂得張牙舞爪。

所有的人都趴在地上，抱著頭，緊緊的閉著眼睛。

現在我可不太控制得住禍種的藤蔓了。但相處這麼久，我也知道，控制得太嚴反而白費力氣。所以我嚴令不能碰人，其他就隨便了。

於是這昏暗的宮廟開始開起奇異的、碗口大的妖豔之花，血滴似的顏色。密密麻麻的，吞吃了人類以外的東西。

一直吞吃到一個擺在壇下，封閉著罈口的甕，這才圍成一個圈，怎麼都靠近不了。

我命令著鵬，「掏出來。」

那鵬高鳴一聲，撲向那甕，粉碎的甕裡頭竄起一隻活像隻猴兒的老頭，幾乎只有嬰兒大小。鵬兒一把摑過，又啄又抓，那老頭滾地哭嚎，大聲喊著饒命。

看到事主，我發現，我與他們這些無恥之徒不同。我是人……曾經是。所以我厭惡殺生，即使是這等奸惡者，我也不想。

「你想要自由，對吧？」我跟鵬說，「你本來就該遨遊天際，其翼若垂天之雲。你若幫我把這禍害帶走，讓他足不點地，隨你成鵬化鯤，永遠不會回來，我就放你自由。」

大鵬歡鳴一聲，抓著那老頭飛出宮廟，將那老頭一口吞下，化成狂烈的怒風，扶搖直上，轟然而去。

這宮廟算是毀了。我將不甘願的藤蔓都收回來。再也害不了人。

回眼看到他們的招牌，我冷笑。大奸大惡者最愛粉飾太平，掛什麼威與惠。我扔出鋼製枴杖，那個招牌應聲而碎。

這枴杖真不錯，我該加價跟老師傅買下來的。

＊　＊　＊

鬧了這一場，我知道郎先生一定會生氣的。

氣倒是真的生氣，但他沒罵我，只是定定的看著。我想一定有不少人或眾生跟他抱怨，說不定還有幾個神明。

「我說過，朱移，妳不宜動怒。」他還是很理智，「到底是為什麼？多大的過兒都揭過去了，怎麼會突然暴躁到這種程度……」

我知道他在觀察我，擔心禍種終於侵蝕了我的靈智。但我還是我，禍種依舊枯萎，他不明白，我懂。

「……他把阿魁打死了。」我忍了忍，不讓淚奪眶而出，「為了找我報復，傷了許多無辜。」

「多行不義必自斃。」郎先生皺緊眉，「但人類歸人類，自然有人會去治他，妳橫插這一手……妳又不是有修行的，只是憑些先天的小玩意。若惹了某些人的注意，不免風波不斷……」

我大聲了，「他殺了阿魁啊！」

我知道郎先生是為我好，他考慮的點都很正確。真的，真的很正確。但我現在不想明白。

「……阿魁打壞了，我再給妳一隻傀儡不就結了？」他滿眼迷惑，「妳再替她取同樣的名字，保證長得一模一樣……」

「來年之盛櫻，絕非今宵之花影。」我滴下眼淚。

這是郎先生年年的感慨。他這花癡，年年賞櫻不輟，就是因為這種憐花的嘆息。

就算再有新的傀儡，我也絕對不會叫她阿魁，因為就算形態一模一樣，那總不是我的阿魁。

「我是人……最少我曾經是。」我掩住臉孔。

是人才有這種無謂的感嘆和悲傷。不管我怎樣的壓抑。

「……花了這麼久的時間，妳終於癒合了嗎？」郎先生輕輕按著我的頭頂，「移株的，半枯的朱移啊……」

拉著他的衣服，我哭得非常傷心。

之四　北之狼族

我從來沒看過郎先生生氣，所以我真的被嚇到了。

他將來襲的式神毀個一乾二淨，臉色鐵青的抓著我的胳臂，「妳這個……妳存心氣我是不是?!」

我嚇得瑟縮，不知道為什麼觸怒他。

畫了大鵬混鬧了一場，我真的徹底反省過了。所以後來來找麻煩的「人」，我都沒怎麼出手，消極的忍耐，希望他們鬧夠了就走。

事實上，我這麼一鬧，的確是引來很多麻煩。禍種出世必有大災，這是誰都懂的。但禍種也是種奇花，千年難逢的寶貝。讓有能者收了去，或煉丹製藥，或修煉法寶，甚至打造武器都會內蘊強烈的靈氣。

雖然禍種已經枯萎，但依舊寄生在我身體裡。是郎先生和各方交情都好，處世圓滑，我又一直隱居嬌懦，無甚作為，這才容我偷生到此時。

那外道雖不是什麼厲害的角色，但我居然一擊即擒，甚至可以禁制令虛幻之鵬帶走……眾生或憂或喜，不免來試探觀看。

但礙著郎先生的面子，出手也不會太重。有時候我忍著被打兩下，對方就會收手，有的還會道歉。

今天派來的式神是兇了點，我被抓破了臉皮。但也不是什麼大傷，只是有些狼狽而已。

他氣成這樣，我不知道我做錯什麼。

「傷成這樣……傷成這樣！」他抬起我的下巴，看著我頰上淋漓的抓傷，「我給妳信香是作什麼用的?!妳就不知道喚我一聲?妳是否存心……」

我這才算是有點明白。「……郎先生，我不敢存心氣你。已經給你惹了太多麻煩，你又有事要忙……」

「夠了！」他喝道，我立刻把嘴閉起來，不想讓他更生氣。

他取了藥來，抹在傷口上，一陣陣刺痛。我咬緊牙，省得痛出聲，只是忍不住淚「……朱移，或許妳覺得無親無故的託依在陌生人手底生活，很是難堪。」他終於開口，「妳之前是先生家的小姐……我不過是個粗野無文的半妖。」

「我從來沒有這麼想過！」一嚷出來，我就哭了，「是我拖累郎先生……」

「再別說什麼拖不拖累。」他低了頭，輕嘆一聲。「坦白說吧，我一生愛花，只惜花不言。說來難為情，也恐薄了妳。實在我無禮的將妳當成解語花，所以愛惜養護。好聽的話我不會說，但誰敢傷了妳，我都不同意的。」

抓著他的衣服，我眼淚一滴滴的落下來。我個性狷介若此，連委身相許都辦不到，但郎先生這樣尊重愛護的照顧我這麼久，卻也從不求我什麼。

「……別再把我當外人。」他沉重的嘆口氣。

「好……好的。」我點頭，淚如雨下，「好的。」

以後我們沒再提這些，但都暗暗的鬆了口鬱結。

不管人或妖，都有著固定的因和果。不為什麼因果，就這樣共居，其實不太合理。總要安個什麼名目來由，才好授與受。

但你要問我，我還真說不出任何因果。我既不是對郎先生有什麼非分之想，也不是有什麼親故關係。就只是單純的覺得等他回來，共他品茗賞花，相對閒談，這種受罪的長生才覺得還有熬受的價值。

換一個人來照顧我，我是絕對不想的。

我猜郎先生大約也是如此，他對花樹都長情，養護過的都不容人糟蹋，待我自然也是如此。

這不知道如何講、該怎麼解釋，若不是這次他發了罕有的怒氣，說不定過百年我們還是各自心底悶著。

但也無須再提了。

他排開一切，在我那兒住了十天。每每來找碴的，看到他不免乾笑兩聲，不好意思起來，反而成了客人。只是人來客至，兵馬雜沓了幾天，他無奈起來。

「花兒太香，惹來蜜蜂蝶兒就罷，還引來蒼蠅腐蟲。」他輕笑一聲，「煩不過，躲開幾天吧。」

他還真劍及履及，帶我往北京去小住一段時間。

車馬勞頓，但北京並不是我們真正的終點。

瞧我一路暈飛機暈車的，他跟我閒談解悶。郎先生說，又逢百年「叩關」，他得來幫把力。既不能把我擱在家裡，不如一起遠行，等傳聞平息。

據說，當初龍與鳳被選為聖獸，犬封頗為不服，爭過這個身分。雖說神明允過讓他們公平競爭，但相爭起來，損傷太大，於是提議以各自的子民相爭。

當時眾生還沒分得那麼清楚，人類還崇拜著強大的眾生。當時源起於兩河流域的某支氏族尊龍，另一支尊鳳，北方的犬封也有支氏族崇拜，就議定以此爭天下。

最後犬封敗了，龍鳳聯軍勝了。龍鳳兩族遷居天界，和人間的關係薄弱許多，但敗下陣來的犬封卻沒那麼忍心。他們雖然自成一國，卻一直暗地裡照顧這支在北地牧馬的人類氏族，即使之後一再易名，不再自稱犬戎。

然而滄海桑田，人類早已和平共處，互相婚嫁，對古老的神祇也已遺忘。但涉入人間已久的犬封一族，在人世也擁有不少駐地，尤以北方的「吉量城」最大，離北京不遠，但凡人卻難得走得進去。

這裡是人間駐居的眾生一個貿易重鎮，重重禁制，大部分的地方都不能動武的。

「內城住是很平安的，而且那兒奇特的眾生更多，妳也不會引起什麼注目。叩關在外城，也擾不到城裡去……」

「叩關是什麼？」我忙著問。

「這麼好奇？」郎先生淺笑，「也沒什麼，每百年就有狼鬼試圖破關，禁制居然防不了。聽故老說，已經有幾千年如此了，犬封舉族防守，倒也沒讓狼鬼得手。奇怪的是，狼鬼只攻一夜，天明輒止，算不上什麼大患……舉凡犬封族的，都得來防守一次，才算成年呢……」

郎先生說到最後，或許他不知道，卻流露出一種淡淡哀傷的溫柔。

我想，他真的很愛自己的族人，可惜的是，他永遠是隻半妖。即使被喚來協助防守叩關……他還是無法進入犬封國一步。

身邊除了半枯的解語花，相交滿天下……他依舊是一個人。

輕輕拉著他的袖子，我默然無語。

「還暈麼？」郎先生回眼看我，「真的很難受的話，靠著我睡一下，很快就到了。」

我點了點頭，靠在他肩膀上。

吉量城位於荒山黃土之中，從外面根本看不出來。

但一步之差，天壤之別。郎先生揚了揚一個翠綠的小小玉牌，就出現若有似無的小小甬道。步出甬道，豁然開朗。

一座宏偉的城郭就矗立在我眼前，在黃土飛揚的荒蕪中，顯得非常突兀。

原本以為是土城，走近了才發現是土黃色的玉石。郎先生領著我走過重重守衛，厚實的外城城門極大，走了將近七、八分鐘才真正入到外城，離內城還遠呢。

在外城城門處就盤查過一次身分，進了外城又盤查一次。接待人客氣的問我們乘輦還是上馬。

「上馬吧，」郎先生輕笑，「乘輦太悶。」

馬兒神駿異常，幾乎有兩個郎先生那麼高，通體雪白，只有飛揚的鬃髮是火般的豔紅，雙眼呈赤金色，非常美麗。

沒幾分本事還真騎不上去。

郎先生虛托著我，飛身上馬。這馬無鞍，我真不知道該抓哪裡，郎先生輕笑著指點我側坐，不扶哪裡也無所謂。

馬兒撒蹄跑了起來，風馳電掣般，卻穩得不得了，震也不震一下。

我突然醒悟過來，「這就是『吉量之乘』吧？據說騎了可以活上一千歲。」

「是吉量沒錯，這城就是因這些馬兒命名的。」郎先生握著韁繩，「但不是騎了就能活上一千歲。」

我滿懷不可思議，乘著傳說裡的上古神騎，縱入更神話的妖族重鎮。

內城的的城門就小多了，居然有幾分江南古鎮的味道。到內城門口交還吉量，喧譁囂鬧，小橋流水，我還真有不知身在何處的感覺。

在路上郎先生就說了，為了貿易和來往方便，諸妖都化為人身，僅留辨識身分的特徵，語言也統一用地主的官語。直到親眼所見，才懂他的意思。

來往都是俊俏人兒，無分男女。有的卻有狐尾、豹尾、狸尾……搭配耳朵或角，的確一眼就看得出原是什麼妖族，甚至有那葉髮鬢花的樹妖或花妖，經過就帶來一陣淡然的芬芳。

大廣場和運河是跑單幫或小家族的妖族們擺攤子用的，真的大筆的交易是圍著廣場的院落。

人多得很，攤子上都是稀奇古怪的東西。郎先生抓著我的手臂，怕我走失。「我頭回到吉量，差點把頭給轉掉了，那時我和妳現在差不多大。」他輕笑，「妳倒鎮靜，這麼從容不迫。」

「既然要住一段日子，將來看的時候有得是。」我也笑，「何況我現在是人類老不死的年紀了。」

「什麼話，妳永遠是朱家讀書的小姐。」他明顯不喜歡這個話題，「那兒的花釵不錯。妳來挑。」

果然漂亮，像是把世間所有的花兒都集合在一處，鮮活的。但這花插在髮上，幾十年也不見得會枯萎。

「我不知道怎麼挑，每件都是好的。」選了一會兒，我放棄了。

顧攤的娘子聽了，笑了起來。「小姑娘好眼光。」

郎先生也笑，「老闆娘，您見識多，替我們朱移選一只，如何？」

「小姑娘身弱，不好梳髮綰髻。」老闆娘取了兩隻藤花梳，「插在髮上就成。」

拿在手底，真是驚嘆。真像剛折下來的，花瓣猶有露珠，哪捨得用？還是郎先生幫我插上，他又選了兩只黃金稻穗的髮梳，塞到我手底。

正在付帳，人群響起一串驚喜的喊叫，「七郎哥！」「是七郎哥欸！」

一群少年、少女撲向郎先生，尤其是兩個少女，一左一右的拉著他胳臂，像是死都不放手了。

我被他們擠開，枴杖一個重心不穩，險些摔倒。郎先生手快，抓住了我。他嘴裡溫和的說，「當心，當心！都要成年了，怎麼這樣毛毛躁躁？」藉著拉過我，他不留痕跡的擺脫兩個少女的糾纏。

這還是我頭回看到犬封族的人，他們也相同好奇的看著我。

「七郎哥，她是誰？」一個少年發問，另一個撞他，「哎唷，還需要問？一定是這個啦。」他晃了晃小指頭，所有的少年都笑起來了。

「小捆，就你不老實。」郎先生笑罵，溺愛的，「這是我照顧的解語花，朱移。」

「啊，被禍種寄生那一個嗎？」他們又一起看著我。

我覺得有點尷尬，但還是笑了笑，福了一福。

大約看不出什麼苗頭，他們轉頭纏著郎先生。郎先生溫和又有耐性的應答，「……你們在本家住是不？等我安頓了朱移，再去找你們……小貝兒，別嘟嘴，女孩兒吊得油瓶，難看。朱移身體不好，一路勞頓的，得先歇歇。」

「歇歇前還先買花兒？」那個叫小捆的少年很活潑促狹，擠著眼睛怪聲怪氣的笑。

「小狼崽子。」郎先生輕笑，「偏你話多。」

和他們告別以後，郎先生才說，那是他叔父的孩子們。他在犬封國住了一百年，兄弟間很親厚。後來堂弟、堂妹入人世歷練，叔父們不放心，往往託付他照顧。

「他們講話沒輕重，別擱在心底。」他有些抱歉的說。

「哪有說什麼呢，郎先生也太多心。」走這麼久，我真的乏了，越走越跛。

他瞧瞧左右無人，「規矩上是不行的……」但他挽著我，霹靂一聲輕響，就到了內城深處。

後來我才知道，在吉量是不給人飛行或瞬移的。這麼多有神通的妖族聚在一起，飛行和瞬移在管理上異常不方便，若是被抓到，是要罰的。

但郎先生看我快走不動，還是冒險破了例。

他幫我安排的住處在內城最深處的小巷弄。居然有幾分像是古早時候的府城。巷弄極小，兩人就得擦肩而過。紅磚牆、舊柴扉，戶戶都嬌小玲瓏。日照暖著門前的奇花異草，我的暫居處門前只擺了一盆蘭草，還沒開花，卻異常精神。

幾個老人家搬著板凳在門口繡花閒談，瞧見我和郎先生，好奇的看過來。

「七郎，你作死？」一個雪髮童顏的老太太笑罵起來，「在我門前也敢瞬移，好大膽子！」

「城主奶奶，抱歉了。」郎先生笑，「我家朱移體弱，一路又遠……以後還請多照顧。」

「好啊，我還沒罰你，你倒給我添差事。」老太太咯咯笑，「罷了，去安頓你的花兒吧，看在楚楚可憐的小花兒份上，這次就算了。」

郎先生送上了一大包巧克力，「城主奶奶，各位大嬸，不成敬意，七郎先告退了。」

我福了福，拿著枴杖的手有些顫抖。真的累慘了。郎先生瞧了我一眼，攙著我進門了。

進了門，我先是一怔，竟是別開天地。

我猜想是幻境，一棟小巧的樓房矗立在幽林中，陽光靜好，院裡百花撩亂，香氣四溢。

「圖住起來舒服些。吉量城戶戶如此。」郎先生解說著，扶我進樓，「剛那老太太是吉量城主，原是犬封國母。她引退了後就在此養老，人是極好的……」

我無力的笑了笑，不及避諱，就歪在炕上動彈不得，闔目就昏昏睡去。待我睡醒，沒想到郎先生還在一旁守候。我知道他事多，又答應去吉量本家看看，應該是不放心我。

「……我沒事了，哪那麼嬌貴？」我苦笑，「只是少出門，一時勞累罷了。」

「我知道。」他隨口回答，「我也趁機休息一下罷了。」郎先生招出一個傀儡，「這本來是我使喚的阿襄，先給妳吧。有空再煉一個好些的……這孩子有些缺心眼。」

阿襄笑嘻嘻的對我行禮，我倒是嚇了一跳。這是附魂，裡頭有魂魄寄居的。郎先生對人類感情雖然不深，但也不會隨便去收什麼鬼魂來奴役……

後來我才知道，阿襄魂魄不全，是縷殘魂。轉生無望，修煉不能，來歷記憶忘個乾乾淨淨，僅存些微靈智。郎先生救了差點被惡靈吞吃的她，卻對她沒辦法，只好煉個傀儡讓她寄身。

一般來說，這種嚴重受損的殘魂，連那些煉魂的修道者都不要。郎先生收了她，卻還極力補救殘缺，甚至花大心力修煉靈氣充足的傀儡讓她寄養，是很不可思議的事情……只我不意外罷了。

她整日笑嘻嘻的，忘東忘西，丟三落四。我想她服侍郎先生一定也這樣……但我喜歡她的笑容。

雖然殘缺若此，但她比我還像人類。郎先生大約也是如此才無法扔下她不管吧。

後來我們相處得很好，郎先生要帶她回去時，她還嗚咽起來。傀儡沒有眼淚，聽起來更悲慘淒楚。

我跟郎先生要了她，以後就跟著我了。她高興得一蹦老高，緊緊的抱著我的手臂。我跟她倒是相伴了一輩子，誰也沒丟下誰。

但這也是別話了。

後來我才知道我住這兒，稱為煥日巷。算是內城最中心處了。郎先生並沒有住在這兒，偶爾來看看我，但沒多久就被叫走。他朋友多，族人又更多了，打招呼應酬就忙不過來，沒什麼時間顧及我。

我倒不覺得如何，以前就這麼過，現在自然也照常過。

當初我讚嘆過這幻境居處精緻，郎先生淡淡的笑，「入室無塵，百花不凋，樹無根而水無痕。起居睡覺就罷了，真要隱居在此可難受了。」

本來不覺得，後來我就了解了。住了幾日，我就開始懷念那個空氣污濁的城市。難怪這兒的老太太們喜歡在門外繡花。

我隱居慣了，面對人不免有些困難。但妖族的手藝不是凡間看得到的。有天我出門替蘭草澆水，看到她們的女紅，不禁站住，看了大半個時辰。

「丫頭，天天窩在家裡不悶？」城主奶奶招呼我，「會繡花不？也讓我瞧瞧人間的手藝。」

我不禁臉孔發紅。我是鄉下刺繡師傅，跟她們是不能比的。但我還是進門取了針線籃，跟她們一起做女紅。

她們著實教了我不少新鮮繡法。我的手藝是上不了檯面，但我會畫個兩筆，基礎好一些。老太太們對我的花樣子頗有興趣，常常搶成一團，小姑娘似的又笑又叫。

住在那兒的時候，還真是我最有人味兒的時刻。我的怪異之處在這些見多識廣的妖族奶奶面前，簡直不值得一提。吉量城主這麼高的身分，看她也是淡淡的，和一幫姥姥說說笑笑，也沒見她抬過架子，連對我這妖人都挺親切，還抱怨七郎只顧忙，也不顧家裡娘子。

我尷尬的笑，「……我不是郎先生的娘子。」

這些奶奶婆婆們興致一下子就來了，不停逼問。吃逼不過，我淡淡的說了我們相識的過程，這些婆婆奶奶感動了心腸，有的還拿絹帕出來拭淚。

「真苦了妳哪。」城主奶奶嘆氣，「但這七郎我也得好好說說他。既然都這麼著，還撐……」她瞪著家門，連忙迎了上去，「……哎呀，太姑婆婆，妳怎麼出來了？」

順著她的目光，我看到一個極乾癟瘦小的老太太。我現在知道妖族並不是永生不老的。沒有修煉，頂多就上千年，有修煉的頂多三、四千年吧！化為人身，也受妖身的歲月影響。當然，若是願意的話，自然個個都能化成小姑娘，但維持不久，功力耗損太大。若是化成和妖身相符的外貌，就不花什麼力氣。

眼前這個極老的老太太，恐怕真正的歲數難以計算。

她笑咪咪的，深陷在皺紋裡的眼神很茫然，如夢似幻的。城主奶奶連聲喚著，家裡人趕忙抬來大圈椅，給老太太坐下。她沒說什麼，只是笑，雙手空空的，像是在縫補什麼似的。

瞧見我目不轉睛，旁邊的老奶奶笑著說，「那是犬封的國寶，柴老太君。她可是親眼見過與龍鳳相鬥的戰爭哪！她是吉量初代城主的女兒，妳算算她多少年紀了？」

另一個奶奶推她，「阿柳，別嚇唬小孩子了。」

城主奶奶也笑，「太姑婆婆人是很好的，有什麼好怕？她還曾經是城主呢！只是她老了以後，有些糊塗了，不大會認人。」

柴老太君像是沒聽到我們說什麼，只是笑笑的，慢吞吞的比劃，縫繡著事實上不存在的女紅。

閑居的日子過得頗快，越來越逼近狼鬼叩關的日子。

這些姥姥們大半是犬封族的，話題都繞著這個轉，手裡不停的縫製著奇異的戰袍。

我也因此聽了很多別處聽不到的故事，和學會縫製這種戰袍。

據說犬封和龍鳳本有嫌隙，龍鳳被選為靈獸更是一發不可收拾。雙方打起來，戰況慘烈，吉量城的修築，也和戰爭有關，這是個戰略要地。

戰況最緊的時候，吉量城差點被攻破，犬封竭盡全力，男丁幾乎都死光了。是柴太君擦乾眼淚，撿起戰場上殘破的劍，號召全城女人死守，一直撐到援軍來到。

「那場真是打得驚天動地……連神人都動容了。」城主奶奶嘆氣，「怨氣直衝雲霄哪……這戰過後，神仙出面和解，這才指定各自扶持人類氏族定勝負。」她輕輕搖頭。

「戰後柴太君成了吉量城主。」柳奶奶接著說，她低下聲音，「別瞧她現在這樣兒……她可是有大神通哪。她當城主的時候，祭祀四方鬼神，也從來沒聽說過有什麼狼鬼……」

「那些狼鬼還不是咱們祖宗？」城主奶奶有些不開心，「是我們這些後輩無能，才讓祖宗失去理智，百年就來攻打吉量城……」

「哎唷，小紅，妳做什麼多心了？」柳奶奶忙著說，「五、六千年了，誰拿他們有辦法？我也不是派妳不是，妳那麼多心眼做什麼？」

城主奶奶噗嗤一聲，「阿柳，妳急什麼？我又不會翻臉揍妳。」

「可難說，妳這爆炭，神仙都敢揍，我可吃不起妳的拳頭。」

大夥兒都笑起來，我也跟著笑，低頭繡著戰袍。

其實我不該做這個，這可是犬封的特權。百年叩關，早就成了個慣例。家族的女人照例要幫族裡男人縫征衣。唯一的例外，就是替外姓的心上人縫製。一但收受征衣，也差不多算是訂婚了。

我也煩惱過縫製征衣既不合我的身分，也不合禮數。但郎先生的堂兄弟姊妹跟著他來玩過幾次，小堂妹大發嬌嗔，說爹娘不許她縫征衣給郎先生，郎先生只是淡淡的笑，「我用不著征衣。我不是犬封的人麼……也只是來幫忙的。」

從那時候起，我就決定幫他縫征衣了。誰管身分和禮數呢。

雖然他幾乎都不提，但相識這麼久，我也該明白一些。他對犬封感情深厚，但礙於規矩，被放逐出來。他這樣照顧堂弟、堂妹，犬封有什麼要求，他都不推辭。

但到吉量城卻還是保留完整的人身，一點印記都沒露出來。

郎先生雖然溫和從容，但骨子裡有很倔強也很柔軟的一面。

當我縫製完畢，正是最冷的時候。沒有下雪，北風吹得極緊。即使在幻境裡住著，還是得燃上大火盆，離遠點就冷得發抖。

郎先生進來，拂去肩上的雪，我才知道是屋子裡沒下，外頭已經開始飄了。

我忐忑的將摺好的征衣遞給他，他笑著，「妳也多保重點。妳縫給我的衣裳已經穿不完了……」展開一看，他的話就停了。

這是穿在戰甲裡頭的征衣，我也似懂非懂。好像妖族的戰甲不是全身的，只保護了胸口和後背。所以縫製的征衣不但要用妖力紡織，還要縫繡各式各樣的護身符與護咒。

布料是城主奶奶送我的，但針線是我自己的針線。這當然比不上犬封女人縫製的征衣……但別人有，郎先生不能沒有。

他看著征衣發愣，好一會兒才苦笑出聲，「……我沒資格穿這個。」

我比較寧定了，心頭卻一酸。「郎先生，你比誰都有資格穿上。是我沒資格裁縫征衣……但你也說過，我們不是外人。」

一時之間，我們都沒說話。阿襄看看我，又看看郎先生，一臉迷惑。

「先生，你不會穿嗎？」她天真的問，「阿襄會，我幫你！」

郎先生笑了起來，眉間的陰霾散去。「我會穿。朱移，妳還沒見過我全副武裝吧？」

他對著征衣噴出一口妖氣，轉身就著裝完畢。

在人間行走，他遵守著人間的規則，穿著打扮都依足。但這回，他顯露了妖族化人的真正模樣。

烏黑的長髮無風自動，額頭有著奇異的刺青，眼中紅光閃動，似笑非笑的，氣勢驚人。雪白的征衣外，罩著淺金色的戰袍，手裡握著一個奇怪的兵器，五、六根尖刺，放射狀的，不知道該說是什麼。

沒有狼耳，但他有條狼尾。

他懸空盤腿坐著，「既然穿了妳的征衣，哪，朱移，叩關時妳要到外城城牆觀戰了。」

「願您武運昌隆。」我笨拙的學著城主奶奶說過的，犬封族的祝禮。

認識這麼多年，我頭回看到郎先生露出真正的笑。

在凜冬最冷的那一天，乾冷的天空落著鵝毛大雪，狼鬼即將叩關。

連我這能力低微的妖人都感到忐忑不安，空氣中帶著一種無形的壓力，入夜更是沉重。整個吉量城燈火通明，比人間的都市還亮好幾倍。內外城牆都發出淡淡的光，那是防護大陣運作的結果。

城主奶奶知道郎先生收了我的征衣，大樂得破例給我特權，讓我上外城城牆，和犬封女人一樣可以登城觀戰。

我知道這是妖族難得一見的榮耀，但我這生活在南方一輩子的妖人，實在受不了這種飄雪的天氣。雖然只是著了點涼，我還是睡掉了整個下午，傍晚才匆匆梳洗，想要跋涉到內城門口。

到了那兒就有轎馬，不用熬那麼遠的腿疼。

出了門，阿襄扶著我，我還是撐緊枴杖，讓風颳得一偏。路上早就沒有行人了，要不就是出城防守，要不就是在家休息，我已經遲了。

幸好雪已經停了，不然更難走。一腳深一腳淺的在雪地裡困難的跋涉，還沒走出煥日巷，就聽得一陣喧譁。

回頭一望，柴老太君披頭散髮的跑出來，又嚷又叫。服侍她的家裡人急著阻攔，但她卻甩開他們，敏捷的跑過來，踏雪無痕的。

或許是年紀大了，她在雪地摔了一跤，我忙著走過去扶起她。

家裡人追上來，好聲好氣的哄，「太姑婆婆，咱們回去好不好？冷得慌呢，您今天什麼都還沒吃……」

她緊緊的攢住我，雙眼發著狂亂的光，「……我、我要去……要去，」她舉著空空的手，「征衣，還沒送上啊……」她突然哭了起來，老太太的容貌，卻有著少女的表情。

短短幾句話，我卻被感動了心腸，跟著落下淚。阿襄跪坐在雪地，面無表情的，瞪著虛空。她的樣子太奇怪了，我有點擔心。「阿襄？」

「連珠淚，征衣。」她愣愣的說，仰起頭，所有表情都被冰封，她開始歌唱。

「……連珠淚，和針黹，繡征衣。繡出同心花一朵，忘了問歸期……」傀儡冰冷的歌聲在晶瑩冷淡的雪地迴盪，一遍又一遍。

之前我在學校附近住過，二十還是三十年前吧。音樂教室曾經天天傳來這首歌，我一直很喜歡，也知道這首歌叫做「回憶」，偶爾我還會唱。

心口一痛，我也坐在雪地。阿裹魂魄不全，記憶幾乎都沒有了。現在對景掛圖，應該是觸動她殘存的記憶，讓她唱了應該很熟悉的歌。

柴太君倒是不哭了。她呆呆的聽著阿裹唱歌，嘴唇無聲的動。

「我怎麼……就忘了呢？」她閉上眼睛，露出一個純潔的笑。

在眾人的驚呼聲中，她漸漸風化，成了一團雪白的霧氣。順著之前我被禍種寄生的舊傷，進入了我。

我……我不知道該怎麼說明。我像是縮得小小的，睜著眼睛做夢。我的意識很清楚，只是不能動彈而已。但柴太君也在，她就和我在一起，我甚至可以感受到她，「聽」得到她。

她抛開了我手底的柺杖，用我的身體站起來，飄然在雪地疾馳。

「小丫頭，不要怕。」她的聲音在我心底響起，「我們去迎接他們。」

「迎接誰？」我連害怕都想不起來，只覺得這一切不可能是真的。

「迎接那些收了我們征衣的男人。」她一蹬腳，和飄落的雪花一起飛舞，轉瞬間，我們已經到了外城城牆上。

這是我第一次看到叩關。

這真是令人恐懼的景象，又非常的哀傷。密密麻麻的鬼魂幾乎將大地佔滿，發出雄壯的戰呼，蜂擁而至。

身穿腐朽的鐵衣，臉上蜿蜒血淚，前仆後繼的。犬封族結起陣型，也衝向這些鬼魂。我甚至認出哪個是郎先生。

柴太君用我的身體深深吸了一口氣，發出一聲悲絕的呼喊，「郎君哪～」

這悲聲一起，整個吉量城像是起了一種奇異的共鳴。這個城市所有女人流過的淚，悲慟和哀苦，都讓城市記憶了下來。一個女人的哭喊，喚醒這種深深銘刻的「思念」。

狼鬼停下動作，一起看向城牆之上。柴太君哭喊著，「郎君哪，凱旋歸來吧！」

站在陣前，騎著鬼馬的狼鬼將軍，據說從來沒有開過口。現在他洶湧著血淚，吼聲讓堅如磐石的防禦大陣明滅不已，連城牆都為之動搖。

「信實！」他狂呼，「信實！」他漸漸崩塌，像是一股黑沙，猛然席捲了千軍萬馬中的郎先生。等黑沙散去，郎先生緩緩睜開眼睛，居然流下兩行血淚。

柴太君轉身，厲聲說著，「以城主之名，大開城門！」她凌空打出奇異的光，像是糾結成的符咒，龐大的城門因此隆隆作響，居然開啟了。

她……或說我們，從城牆上飄落，站在大開的城門外等待。身後的囂鬧和驚慌，像是很遙遠的噪音，模模糊糊的。

郎先生……或說狼鬼將軍，伸手扶著柴太君的臉，「……照約定，我回來了。帶著我們的子弟兵，回來了。」

他身後的狼鬼大軍，號啕大哭，洶湧的衝進城門口，一面喊著親人的名字，一面流著血淚，只是一過門口就不見了。

柴太君按著狼鬼將軍的手，衝進他的懷裡，大放悲聲。

這就是叩關的真相。他們並不是想要攻打吉量城……是被柴太君的思念吸引，想要回家而已。柴太君神智清明時，還可以將這種思念緊緊壓抑，安鎮這些陣亡的犬封軍魂。但她年老體衰，開始昏亂以後，再也壓抑不住這種思念了。

這就成了幾千年來的百年叩關，在最陰寒、鬼氣最盛的這一天，思念家鄉的鬼魂一遍遍的試圖回家。

現在，他們終於回家了。

等柴太君消逝的時候，郎先生還抱著我。激昂的感動一過去，我尷尬的不知道怎麼辦。輕輕掙了一下，郎先生才鬆開我，似笑非笑的瞅著。

「那、那是……」我期期艾艾的說，「剛我被附體。」

「我知道，我也是。」他突然將我一把橫抱起來，嚇得我尖叫起來。

白光一閃，他抱著我移入居處，把我放了下來，「抱歉了……只我不想等人來囉囉唆唆。明天再去跟他們解釋好了。」他把阿襄喚回，禁制了門口。

他轉頭盯著我看，我羞得無處放手腳。好一會兒，他才噗嗤一聲，「朱移，妳慌張的樣子，真可愛啊。」他大笑起來。

「郎先生！」我怒了。

「能讓我們朱移慌張真不容易啊。」他盤腿在炕上坐下，「告訴我，到底是怎麼回事，我也把我知道的告訴妳，好不？」

「我敢說不好麼？」我氣得別開臉。

「朱移，傻孩子。」他笑得更歡，「妳這樣才好，我不喜歡妳死氣沉沉。」

我就說了，郎先生正經的只有臉皮。

「……從哪兒說起呢？」我想了想，「總之，不會有百年叩關了。」

「妳說。」他喚阿襄把茶具放到炕上，「剛好我弄到很好的普洱茶，妳可以慢慢說，我在聽。」

於是，我在陳述這個悲哀的故事時，伴隨著裊裊芳香的茶煙，冉冉著無數血淚和滄海桑田。

之五　無明

到底我還是生活在溫暖南方的人，即使被寄生而人不人、妖不妖，還是抵禦不了這種冰天雪地的冬天。

尤其是被柴太君附身，在雪地超出能力的飛馳勞累，更是雪上加霜。剛回來還不覺得，第二天就開始發起燒，原本小小的著涼，成了風邪，一病起來，真的厲害得很。

我一病倒，郎先生排開一切，衣不解帶的照顧。飲食藥餌，都是他一手打理。我原本就是他照應的，想當初差點燒死，他也這樣親手照料，讓他抱著餵食餵藥，只有更衣擦身是阿魁的事情罷了。

之前不覺得如何，現在卻有點困窘。或許柴太君的附身還是造成了我一點影響，只是這影響被病痛壓過去，很快就消失了。

「郎先生，你事多，天天在這兒好嗎？」我有氣無力的問，「阿襄照顧我便得了。」

他輕笑一聲，「那孩子燒乾了我三壺藥。罷了，我來吧，也沒什麼事。」

阿襄剛好走進來，「先生，本家阿伯想找你，還有奶奶。」她自告奮勇，「姑娘我來餵吧。」

郎先生躲開她拿藥碗的手，「阿襄，去做些好吃的，這我來就行了，還燙呢，潑在姑娘身上可不得了……」他小心的放下藥碗，「我出門講幾句就完了，妳先躺躺。」

我有點想笑。阿襄的確是缺心眼的，潑在我身上的食物和藥比我吃進去的還多。

後來還是城主奶奶想起我是南方來的，送來半個紅通通的炫陽果，吃了居然不再覺得冷，這才真的大好了。

外感雖然好了，就是覺得疲倦虛畏，成天昏昏欲睡。這本來沒什麼，但阿襄大驚小怪的當回事跟郎先生告狀，他這大忙人居然抽空回來瞧我。

我病倒大半個月，就已經耽誤了。叩關是犬封國大事，現在來龍去脈要說明，後續要處理。這次的叩關又非同凡響，早就傳得沸沸揚揚，不只是犬封族，外面的妖族也知道了。

人人都知道郎先生被萬年前的祖宗英靈附身，解釋了叩關，誰敢輕視他是半妖呢？攀親帶故之輩，更是不可計數，連犬封國都考慮要正式收下他了。他身上的事情可多，忙都忙不過來，阿襄還拿不要緊的小事去煩他。

正歪在炕上睏倦，突然被搖了搖。我眼睛也不想睜，「阿襄，別鬧，我骨頭疼……」

「越睡越疼呢。」聽到郎先生的聲音，我連忙睜開眼睛。

「怎麼來了？不是一堆人等著見？」我推枕坐起，「郎先生，我沒事的。」

他笑而不答，「妳是心被觸動了，元氣大傷。睡也睡不好的。會彈琴麼？」

「我父親沒風雅到那個地步。」我笑。

「也不是什麼難的，我教妳吧。」他取了把古琴，調了弦，「妳沒修煉，用琴穩心吧。大悲大慟容易留隱患，趁還沒成大恙，早早除了的好。」

不想讓他擔心，也不想耽擱他更多時間。既然他要教，我就學吧。之後他一天來個一、兩刻鐘，我也學著看琴譜。他是個好老師，很明白我不可能成為什麼高明的樂師，只是指望我有個舒懷的方式。

既然我不懂樂理，他乾脆就教簡譜，能彈幾首簡單的曲子就行。其實音樂和繪畫有幾分相似，說到底，不過就是「和諧」。我學起來不慢，但彈來彈去，泛音怎麼彈都是啞的。

郎先生教了幾次，我還是沒學會，就把著我的手，教我怎麼彈泛音。正學著，郎家的小捆闖了進來，瞧見正在身後把著我的手的郎先生，又瞧了瞧我，古怪的笑意冒了出來，「哦~捆兒來得不合宜，打擾了打擾了……嘿嘿嘿~」

「小狼崽子，滿嘴胡柴。」郎先生沒動，「這可懂了？妳先彈看看。」

我依言彈出正確的泛音，「懂了，原來是這樣。我使力過猛。」卻沒敢看小捆一眼。

「七郎哥，我看我晚點再來好了。」小捆促狹的說，轉身就要走。

「給我回來。」郎先生站起身，「要你拿來的東西呢？」

小捆獻寶似的拿出來，竟是一台筆記型電腦。雖然我早就知道妖怪都是跟得上時代潮流的人物，但在吉量城瞧見這玩意兒，還是有些怪怪的。

「給妳解悶用的。」郎先生打開，「該設定的我都設定了，妳若彈琴彈悶了，也可下幾盤網路圍棋。還是不會打字麼？」

「我搞不懂倉頡的拆字法。」我苦笑。

「這兒弄不到手寫板……也罷了，下棋不用手寫板。看看文章，逛逛網站，也頗可消遣。」

「朱移姊姊，我也幫妳灌了ＷＯＷ，」小捆興奮莫名，「我帶妳練功！可好玩啦！不會打字不要緊，咱們可以語音……我和十一、爛柯組了個公會，帶妳練很快的……」

練功？公會？ＷＯＷ？那是什麼？

「這些孩子瘋迷了。」郎先生笑著拍小捆的頭，「別跟他們瘋，成天不好好用功，就知道逃學玩網路遊戲。」

「成天修煉跟呆子一樣……」小捆揉著頭，「啊，對了，阿爹請你去呢，七郎哥，好些客在等。」

「不給人片刻安生？」郎先生無奈的笑，「這就去了。」小捆盯著我嘻嘻的笑，看得我有點發毛。

「小捆，杵著做什麼？」

「沒、沒有，」他一臉壞笑，「我教朱移姊姊玩兒。」

「少來！」郎先生捉著他的衣領，「朱移，沒事也出去多走走，悶壞了不好。阿襄，」他轉頭吩咐，「不下雪有日頭的天氣，拉你們姑娘出去廣場逛逛。」

「是的，先生。」阿襄笑咪咪的應了。

結果他這麼隨口吩咐，我被逼得每天都得出門。阿襄真的不是缺一點心眼而已。

在吉量客居的這段日子，意外成了我這近百年靜默壓抑的生活中，最囂鬧的一筆。

每天天才亮，阿襄就會拿著灌壺出去澆門口的蘭草，難為滴水成冰的天氣，那株蘭草還捱得住。抬頭看看天色，只要沒下雪又出日頭，她就興奮莫名的回頭抱出我外出的衣裳，忙著把我搖醒。

我根本不敢賴床，讓她動手幫我換衣服，可憐我親手裁製的衣裳全遭殃……我會起身換上厚重的外出服，靜坐片刻默誦白衣神咒做早課，等阿襄打破碟子或碗盤，有時候燒廚房（比較少，一個月兩、三回而已），把早餐端出來，我大約也早課完畢，趁我在吃飯的時候，她會收拾廚房，快手快腳的操持家務。

她做什麼都粗手笨腳，讓人啞然失笑。就只有替我梳頭非常的溫柔細緻，從來也沒梳痛過我。但對付自己的頭髮可粗魯了，那哪是梳頭，根本是拔頭髮。

所以她的頭是我梳的，她也非常喜歡這樣，總是乖乖的低著頭，瞇著眼睛。郎先生說，她的魂魄損毀得太厲害了，不得不去尋她的遺體來放入傀儡。結果只找到半片殘齒和幾根頭髮。她寄養的傀儡體，就是郎先生捺著性子將遺髮細裁遍植，慢慢養出來的。

很軟很細，沒有一根白髮。想來她往生的時候年紀還輕，照她唱過的歌，大約出生於二、三十年前。

我承認，我是偏憐了點。可歎這樣年輕的生命……死得淒慘，魂魄都全不了。但卻一點怨氣也沒有，讓人怎麼不心疼？缺心眼就缺心眼，笨手笨腳就罷了。和她相伴，我還比較有自己是人類的錯覺。

等我們相對打扮好，她會開開心心的把我的大氅取來，蹦跳著去開門。我也總是長歎一口氣，撐著枴杖站起來，一跛一瘸的走了出去。

天氣越冷，我的傷疤就越緊越疼，繃過頭了，有時候還會破裂流血，腳踝處特別脆弱。我也知道要多走動延展傷疤，但實在疼得緊。幸好這樣的天氣和禍種相違，即使壓抑禍種早成了本能，但禍種的徹底靜默還是讓我壓力減輕不少。

我們並肩慢慢的走，往廣場走去。

廣場離煥日巷遠著，但妖怪有妖怪的辦法。就像我對現代文明的電梯很驚嘆，妖怪也有類似的東西，只我搞不明白兩者的原理。人類的電梯按個鍵就可以跨越山脈般的高度，妖怪則是在暖玉陣揚個玉牌就可以抵達遙遠的廣場……都很不可思議。

初抵吉量城的時候，郎先生就帶我在廣場買過花梳。自從阿襄天天拖我來以後，我對這廣場也熟悉起來。舉凡妖怪想煉丹、修煉、天材地寶，都是來這兒買賣的。當然，真正的寶貝，是操控在廣場周圍的店家裡，但小攤子若眼力好，也可以淘出不少好東西……可惜我不具備這種眼力。

我對妖族的布料針線比較有興趣，畢竟我是個裁縫麼。但真比人類機械製造的品質好……只能說各有好處。販賣布料的妖族，布料最美的是馬頭娘（蠶神），防禦和妖氣最好的是蜘蛛精，但論穿起來舒服，刺繡起來最容易發揮的，反而是木棉妖的。

而且不論繡工織染，妖怪都頗有獨到之處，常常讓我逛到忘記腿疼。更不要提他們五花八門有趣的工具。我常常買到忘記，讓阿襄提都提不動，我這麼逛來逛去，跟攤主都逛熟了，常常讓他們得差人幫我送貨。

「小娘子，這些讓妳裁剪個一百年也忙不完了，」賣花釵的大娘招手，

「別淨光顧那邊兒了，也來我這兒瞧瞧哪。」

「臊韃子，好跟我搶客人？」賣布的馬頭娘笑罵，「這天怎不凍死妳？」

「等等就過去，我要替阿襄挑髮釵呢。」我點頭微笑。

妖族頗妙，煉丹修煉的材料貴翻天，這種布料飾品等的小東西，倒是便宜得緊。廣場東邊就有個平準局，可以兌換各方貨幣——眾生的五花八門就罷，連人間貨幣一樣都不缺，我還看到英鎊和盧布呢。

兌換後沒什麼錢幣，就是把數字打入玉牌中——這玉牌又是身分辨識用的，和城裡傳來傳去。別人撿去也不能用，只有感應到本人才可使用。我隱隱覺得妖怪的發展和人類有點相似……只是表現的方法不同而已。

挑完了布料，我帶著阿襄去挑花釵。大娘笑問，「妳在我這兒長短買了不少，怎麼就只見妳戴這黃金穗的？敢情是妳家七郎挑的，妳捨不得換？」

我失笑起來，「剛好戴起來最好看……大娘妳瞧我這種半枯相貌，別的花一襯，能看麼？」

「我瞧挺好的。」大娘東瞧西瞧，「隔壁攤那個打了六十幾個洞的，我看著比較不順眼。」

臉上戴了一大堆銀環的少年瞪了她一眼，「這是時髦？懂不懂？西方就流行這樣！」

「我看是你們牡家鼻子穿環穿出癮來，臉上不打幾個難過了。」大娘很不客氣的批評。

他們拌起嘴來，半真半假的。這些妖怪都不是很強的那種，跟郎先生比起來弱太多了。他們屬於妖族中的平民，但個性跟人類很接近、親切。小打小鬧有，真爭鬥卻很少。

而且他們鬥嘴聽起來好玩，很少飆什麼難聽話，刁鑽俏皮，跟相聲差不多好聽。

不過我的容貌在這兒真的不算什麼。妖怪們入人世修煉的時間不一，又都是爭強愛站時代潮流的。等回了妖族，就往往把當代的時髦帶回來，還常常推陳出新、爭奇鬥豔。鳳翼妝、一字眉不用提，肯定有的。墜馬髻、雲鬢，那也少不了。

還有那一臉哭相，笑起來滿嘴黑齒也多得很。上回我看到一個馬妖半臉烙印，嚇了一跳，烙印還沒什麼，還烙了半本易經才讓人刮目相看……

連賣花釵的大娘都貼了上半臉花鈿。我在這些妖怪當中，顯得非常不惹眼。

她和牡家少年鬥嘴鬥到一半，突然讓聲破空呼嘯給打斷了。那壓力難受至極，像是某年國慶一種奇怪的飛機飛太低那種難受感。廣場的人都蹲了下來，狂風颳過，攤子都覆上了揚起的積雪。

「……是什麼人不要命了！敢在吉量城亂飛？」等破空聲過去，大娘暴跳，「我的花兒啊！」

廣場的小攤販罵個不停，阿襄抬頭看著劍光，「啊，是地仙呢。」

大娘唬了一跳，不敢罵了，「欸？真稀奇，怎麼會有地仙來？」

我對阿襄倒是刮目相看，「妳怎麼知道呢？」

「先生帶我去過瀛洲呀。」她歪著頭，「那兒的地仙爺爺還問我要不要留下呢，說他那兒的哥哥、姊姊會陪我玩。」

「……跟妳一樣的哥哥、姊姊？」我小心的問。

「是呀。」她回答得理所當然，「但他們都好像一直在生氣。我才不要留下呢，我喜歡先生……現在最喜歡姑娘。」她露出無邪坦白的笑。

我的心軟了下來，摸了摸她的頭。想來也是，阿襄跟著郎先生走南闖北的，見識一定比我多（姑且不論她缺不缺心眼），但我沒想到也有煉魂的地仙，還會對阿襄有興趣。

一般來說，不管人間將神仙分成幾品，妖怪的分類就很簡單，就只有天仙、地仙、散仙、妖仙、鬼仙五種。

人身修煉到頂，升天而去的，稱為天仙。到頂卻勘不破大關，只能在俗世混混的，稱為地仙。當然也有速成的，不到頂甘願捨棄肉身兵解的，稱為散仙，但實力就比較差……也聽說過散仙終於悟透成為天仙的。

至於妖仙和鬼仙，就是直接用妖身或鬼身修煉的，但這兩者高下相差甚大，聽說高手級的妖仙和鬼仙，也有被邀上天界或修入天界的，但一般的大約只能在諸仙之末。

但地仙是真的很厲害的，難怪不用遵守吉量城的規矩。

其實我也是想差了。後來城主奶奶說，那是個剛修入地仙不久的新手，不懂規矩。現在老老實實的作客領玉牌了，只是來尋幾樣天材地寶，也是要照樣遵守吉量城的管轄。

我差點沒笑出來。沒想到眾生跟人間也差不了很多，治安說不定還更好。

「ㄚ頭，那可不一定。」城主奶奶不無自豪的說，「咱們到底是差點成了靈獸的妖族，別的妖城打劫殺人的可多，是咱們別人難惹罷了。一個地仙，沒什麼了不起的。」

當然也是。犬封族組織力強悍，法術和武藝都讓人難以小覷，看郎先生就明白了。但是我住這麼些時日了，也知道吉量的貿易量實在驚人。與其自己花無數時間和精力蒐羅材料，還不如來這兒買賣，節省多少時間心血，這個地位還沒人敢隨便動搖的。

後來阿襄指給我看，我才知道這城裡什麼眾生都有，人類修煉者也不希罕，仙人雖少，但偶有得見。更有趣的是，只在山海經露臉的神民，這兒也不缺。很奇妙的各族和睦相處，偶爾打鬥也在特別的決鬥場，大夥兒愛看熱鬧，我是不愛的。

我在吉量就這麼安穩的住下來，過著一種又熱鬧又安閒的生活。

自己覺得頗好，但附近的奶奶婆婆卻替我抱不平。

「妳家七郎已經兩個月沒見了。」柳奶奶抱怨，「就在這個城裡，有什麼好忙的？還捨不得來看看妳？」

我想了想，「十日前我在廣場瞧見他一次，說了幾句話。」

「……姑娘呀！妳就不埋怨?!」

這……這有什麼好埋怨的？郎先生是很會衡量事態輕重的人。若我快病死，他就會撇開別的來照顧我。若我好端端的，他就得辦更重要的事情。辦完了就會來，辦不完自然就沒空來了。

「妳這丫頭，」柳奶奶無奈了，「男人是要教的……妳就不想他？」

「想。」我點頭，「自然的，我們相識那麼久了。但他有他的事情要忙，我也有我的呀。」

她氣得直搖頭，咕咕噥噥半天。

就算說，別人也不懂。我真不覺得有什麼奇怪。郎先生來訪，我當然是高興的。但天天在一起有什麼意思？自然是久久見一次，才有話好聊。買了那麼多布料，又想做這個，又想做那個。每天還得彈彈琴，省得生疏，又讓阿襄拉著外出去逛，忙得有點疲倦了，還有空去想郎先生來不來？

一直到春初，我才不得不想郎先生的問題，還是被逼著去想的。

在一個春初的下午，我在門首刺繡，抬頭卻看到一個故人。

「可找到啦！」仙風道骨的老道人對我喊，「妳跟七郎怎麼鑽得沒縫兒，找都找不到人？」

我眨了眨眼，這人，真眼熟……

好一會兒我才想起，這是隻蒼背，說白點就是狼妖。本來想收了我，結果被郎先生一陣暴打，不再敢打我的主意，卻涎著臉攀親帶故，硬認郎先生當親戚。

郎先生也不撕破臉，既然蒼背表示友善，也就敷衍過去，偶爾會厚著臉皮跟郎先生來討茶喝。

最好笑的是，這是一隻吃素的蒼背，還特別愛喝茶。

「顧道長，我客居在此，沒好茶給你喝。」我笑著招呼。

「誰有那時間喝茶？」他愁眉苦臉，「禍事了！你家七郎呢？他在不在這兒？」

「他應該在本家那兒吧？」我有點摸不著頭緒，「你去犬封本家問問？」

「別提了，我還跟他們小輩打過一架了……七郎不在，去哪他們也不知道。」顧道長急得團團轉，「這怎麼辦，怎麼辦……？」

「先別急，」我覺得事態很嚴重，有種莫名心驚肉跳的感覺，「進來歇歇吧，我連絡郎先生……」

話還沒說完，我眼前一花，顧道長全身一軟，卻沒跌倒。我根本沒看清楚發生什麼事情，他就讓人拿住了後頸。

來的人面無表情，我居然看不出他是什麼……雖然我本事本來就低微。但我卻膝蓋發軟，「大難臨頭」像是長了翅膀，在我腦門盤旋。還來不及想什麼，兒臂粗細的藤蔓已經本能的突襲而去。

那個人動都沒動，只是微微挪了眼神，藤蔓就像是被幾千斤的重錘打中，倏然回返，我被反餽得差點吐血。

「哦？」那人微抬劍眉，「有點意思的先天玩意兒。」他沉下臉，「郎七郎在哪？」

他最後一句話讓我終於把血吐出來了，眼前金星亂冒，血液像是逆流，整個頭都發脹了。

「不關她的事情！」顧道長急喊，「你要找七郎，問我就是！天仙了不起?!欺負一個女人算什麼……」他的話頭突然斷了，眼睛突出，喉頭咯咯作響。

我的心直墜冰窖，一陣陣冒著寒氣。天仙?!

聽見動靜，附近的婆婆奶奶都圍攏過來，我驚覺不妙，趕緊擦了擦嘴角的血。「沒事兒，來找郎先生的，他們這些兄弟，喜歡打打鬧鬧，呵呵……」深深吸了口氣，「兩位請進來等吧，他一會兒就到。」

那人深深看了我一眼，冷笑一聲，拎著顧道長進門了。

我對婆婆奶奶們笑了笑，拎起針線籃，跟著進去了。

大約是郎先生的仇家吧？我不禁苦笑。郎先生真是惹大發了，惹到天仙去。顧道長大約是想來警告郎先生，沒想到被人偷偷跟蹤過來。但不管怎樣，都不能連累別人了……

阿襄嚇了我一大跳，她呆呆的看著那個人，莞爾一笑，「天仙先生，你要掐死老爺子了。別生氣，阿襄泡茶給你喝好不？」

「阿襄退下！」我嚇慌了，「前輩，她只是縷殘魂……」我下半句話沒能講出來，被他看一眼，我的聲音就不見了，連動都動不了。

但我沒想到，他居然就鬆了手，讓顧道長蹦的一聲摔在地上。「茶。」

阿襄疑惑的看看他，又疑惑的看我。我勉強點頭，她笑嘻嘻的轉去後面泡茶。

我想，他是不會對阿襄動手了。我的心稍微寧定了些。

「把郎七郎叫來。」他冷冰冰的說。

「別……別啊！」顧道長呻吟，「朱移，別叫七郎來……」那人又看了他一眼，就讓他殺豬似的慘叫。

「前輩，不要折磨顧道長了。」我淡淡的說，「我請郎先生來。」信香一晃，就破空而去，「或許要點時間，請坐。」

他坐了下來，冷冷的看著我。

我猜這不是他的本相，這人的模樣看起來就是很普通，非常普通的人類修煉者，道行不高也不低，非常堅持的普通，一點特色也沒有。

大約就是幻化成這樣，才能不聲不響的潛入吉量城。

阿襄把茶端了來，依著我坐在地上，好奇的看著這位天仙大人。我倒羨慕她這樣鎮靜……我必須非常努力才能忍住顫抖。

我猜沒多久，半個時辰吧。郎先生就走進來了。他看到天仙先是一怔，從容的躬身，「見過碁宿大人。」

碁宿根本不跟他廢話，「把蛟靖交出來。」

「恕難從命。」郎先生直起腰。

碁宿望著他，但郎先生泰然自若的回望，不卑不亢的。

「不滿三百年的修行，能跟我對看，算是不錯了。」碁宿淡淡的說。

「正確來說，是兩百二十三年。」郎先生淡淡的，像是眼前不是高高在上的天仙，而是一個平輩妖族。

碁宿居然笑了一下，讓我覺得發寒。他伸了一下懶腰，顯露出真身。像是白玉雕出來的人物，溫潤莊嚴而美麗。但臉孔一點表情都沒有，瞳孔爆著星芒。但我無法看得更清楚……無形的神威沉重的將我推開了好幾步，我忍不住悶哼一聲，全身骨頭格格作響。

郎先生只晃了一下，就穩住了，「碁宿大人要對付的，只有郎某。其他人……讓他們走吧。」

「除了她。」碁宿指了指我，我就像是讓無形的劍穿透胸膛，心臟幾乎要跳出咽喉。

「好，除了她。」郎先生一臉平靜的說。

「七郎，你在說什麼？」躺在地上的顧道長大叫，「朱移還是半個人哪……」

但他和阿襄一起被移出去了。

郎先生拉著我坐下，「碁宿大人，我絕對不會交出蛟靖。他既然委託了我，我就不可能洩漏他的行蹤。再說有什麼怨仇，既然他已經遭貶，也該了結了。你又何苦犯天律私下尋仇？」

碁宿沒說話，也沒動手……其實也不用動手。他只要放出神威，我就被壓得幾乎要噴血，若不是郎先生抓著我的手臂，我大約就被撞飛出去。連郎先生都微微顫抖。

「交出蛟靖。」他冷冷的說。

「不。」郎先生昂首。

「哼哼，」碁宿冷笑幾聲，「很硬氣，很硬氣。你大約還扛得住，你的女人怎麼辦？她被寄生，卻寄生得不完全。很脆命啊……」

壓力又更大了幾分，我壓抑不住顫抖了。但我死死的咬住嘴唇，不讓血嘔出來。只是鼻子一陣痠軟，溫熱直下。我流鼻血了。

郎先生先擦了擦我的鼻血，「想來碁宿大人也饒不過郎某……我只求一件事情。」

「哦？」他挑了挑眉。

「若要殺郎某，也請殺了朱移。」郎先生無畏的看著碁宿，「我不能放她一個人在世上孤苦伶仃。」

碁宿的神威大約運轉到極致，把我和郎先生都衝飛了，撞到牆才停止。郎先生摟住我，依舊不屈的看著碁宿。

我卻笑了起來。我就知道……我就知道。我知道郎先生會幫我打算一切。

「對不起啊，朱移。」郎先生撞破額頭了，還是輕鬆的笑，「拉妳一起死。」

我嚥下咽喉的血，「我又沒說不好。就這樣吧。」

碁宿終於站了起來——正確的說，是飄了起來，睥睨的看著郎先生，「你以為我奈何不了你？」

他伸手，一股強大的吸力扯著郎先生到他手邊，郎先生既然沒放開我，我就踉踉蹌蹌的一起被拖過去。

「事關委託，我寧可死。」郎先生平靜的說。

明明他全身拚命輕顫，也快抱不住我。神威針對他，我只是被波及，我就覺得頸骨格格響，恐怕會炸裂了……他身受的壓力更難以想像。

這次不但鼻血，連血淚都出了，耳朵像是擂著大鼓。沒想到我實踐了「七孔流血」這種奇異景觀。

痛？當然痛啊，但我讓疼痛陪伴了一生，痛足了七、八十年啦，小意思。

我反身抱住郎先生的腰，把臉埋在他胸口。再怎麼狼狽，我也不想讓這個該死的天仙瞧我滿臉眼淚鼻涕……好啦，滿臉的血。

就在覺得我的心臟和腦子會一起炸掉的時候，壓力突然消失，我反而大咳了一口黑血，都吐在郎先生的胸前。

誰也沒說話，我顫顫的回頭看，碁宿僵硬著表情，死死盯著郎先生。「死不是最糟糕的結局。」

「把蛟靖交給你也不是最好的結果。」郎先生擦掉口鼻的血，「你知道遭貶後，能保存部分靈智就已經非常強悍了，不可能沒有損傷。就算把蛟靖交給你，你拿得回他遺忘的記憶，要得回屬於天帝的東西嗎？」

碁宿的臉孔陰沉下來，非常可怖。這種恐怖不是鬼氣森森那種，而是閃電洪水甚至海嘯那種絕對無法抗拒的龐大自然。這比蠻橫的神威還令人膽寒。

「蛟靖都告訴你了？」他冰冷的聲音幾乎凝結成霜氣。

「不，」郎先生很平靜的回答，「這只是推理而已。碁宿大人，你是天帝摯友，卻無心名利，只接受了一個小小棋院士的職位，偶爾伴天帝下棋，除此之外，只有戮力修煉，對一切身外物都無視無聞。據說蛟靖數千年前不知道為什麼跟你鬧翻，一直跟你對立，你卻從來沒跟他認真計較過。

「蛟靖這次犯天律遭貶，判決只說他突然發狂，照他的言語閃躲看來，他是刻意的。你會追來人間……絕不可能是為了數千年前的舊怨，更不可能是因為你的物品。能讓你這樣大怒而來的……唯有天帝的託付。」

「就這樣？」他依舊冰封著表情。

「對，完全是猜測。」郎先生坦然，「但大人已經為我證實了。」

碁宿沉默下來，死死的盯著郎先生看。「……我要說，你的情報蒐集工作極好，甚至遠抵卑微半妖不該到的地方。」

「因為我敢以性命擔保委託。」郎先生深深吸口氣，「我不能把蛟靖交給你，但我可以問出你要的答案。」

「你？」碁宿露出冷笑，「你要如何翻出他已經湮滅的記憶？」

「我有一半人類的血統。」郎先生笑笑，「人類有些手段，不是眾生能夠想像的。」

雖然表情依舊冰冷，但碁宿看起來似乎放鬆下來。「……你建議我委託你？」

「我的委託費很貴。」郎先生點點頭，「非常昂貴。但你應該相信我，會用性命擔保。」

他考慮了一下，「說吧。」

郎先生拍了拍我，「她的壽命。我活多久，朱移就活多久。」

真是的，有時候他任性的要命。罷了，算了。雖然老受罪……算了，就這樣吧。

棊宿眼睛微微挪向我，「她只剩三天的命了。經脈皆碎，心智衰竭，臟腑都已移位，血不歸經，拖不了好久了。」

「所以請你預付訂金。」他挺直背，「我需要十天的時間，請大人為朱移延十天的命。」

「哼。」棊宿冷笑，「哼哼。別個天仙都不敢跟我這麼說話呢，你這半妖很大膽子。」他冷下臉，「依你，去吧。」他的眼神更霜寒，「我在此等你。」

郎先生用袖子幫我擦了擦臉，對我笑了笑。「朱移，再見。」

「郎先生慢走。」

他轉身打開大門，拎起還癱軟的顧道長，把一臉茫然的阿襄輕輕推進門。然後他就走了。

我掙扎到門口看著他走，就像我們之前無數次的別離一樣。關上大門，一跛一瘸的，扶著阿襄的肩膀，慢慢的走回去。

單獨和棊宿相對。

「救妳真的麻煩。」棊宿冷冷的說，「妳不如讓花籽吃乾淨了，從妖修煉還快。這副樣子，妖也修不成，人也修不成。」

「我喜歡現在這個樣子。」我淡淡的說。

他沒說什麼，揮手將一道白光打入我的心臟。那光飛快的成為暖流，迅速的流向四肢百骸。困擾我那麼久的痛苦，漸漸消失不見，湧上來的是濃重的睡意。

我應該是倒在地上睡著了。等我再次醒來，迎接我的是，暫時卻久違的健康。

這十天，我徹底擺脫了病痛的陰影。

我終於可以不用枴杖了。

燒傷的疤痕是好不了了……但禍種被強壓到我完全無須控制的地步。我行動自如，不再是半殘的人。

第一件事情，是把阿襄送去別室哄睡了，讓她潛修。這樣就算是碁宿掀了整個吉量城，也不會波及到她。

之後我把一直想裁剪卻捨不得的火浣布抱出來，開始裁縫。等天亮了，我就開始收拾屋子，挽起袖子煮飯吃飯，去幻居外洗衣服，晾衣服。

我一直想這麼做，一直一直。

洗衣打理家務，煮飯燒菜，洗晾衣服。在屋裡走來走去，裁縫刺繡。我甚至拿出好久沒動的畫筆，買了很久的畫紙，想要畫些什麼。

碁宿一直都閉目入定，我也當他不存在。

這樣的健康太珍貴了，耗費在恐懼實在浪費。拿起畫筆，我就知道我要畫什麼了。

我一直思念，但早就不復存在，祖父傳給我父，我父傳給我的菊圃。

回憶點點滴滴的湧上來，隨著一棵棵的菊花。其實，我也不是多規矩的姑娘。規矩的小姐才不會偷阿爹私釀的米酒，溜到菊圃去喝。

九月初九，重陽彎月，秋涼如水。

那年我多大？十四還是十五？我一直想看看月下的菊。

蓊蓊鬱鬱、朦朦朧朧的花之隱士。那一刻，浮雲過月，掠過白瓷碗的酒湯，蕩漾著。與著數不清的菊，舉頭望著皎潔的鉤。

是了，就是這樣。

我將畫畫好，連裱褙都沒有，就貼在牆上，翻出最接近米酒的玉釀。我畫過的東西都留不住，但這菊圃映月，只是微微晃動，雲影飄移，卻沒棄我而去。

端著白瓷碗，我回到那一天。那時還稚幼的我，想著什麼呢？

對了。我只想到，有菊，有月，還有我……和一杯蕩漾的、濺著月光的酒湯。米酒入喉，苦澀卻厚實，就像人生。

將酒喝光，將自己倒乾淨。我才有地方可以盛菊花、彎月，和我自己。

也因此流風浸潤著菊香。

然後帶著菊香的風滲入嗚咽，那是簫的感嘆，悠遠飄渺，在天地間迴盪。漸漸清冷而不帶情感，偏偏最是有情無情物。

一滴眼淚落入酒湯，泛起陣陣漣漪。這一刻，應名為「思慕」。

不惋惜痛悔我失去的一切，但我思慕我已經消逝的菊圃，和我過世已久的爹娘。

等我清醒時，對著畫，我淚流滿面，碁宿簫聲方歇。

「筆力柔弱，線條散亂，這是精氣不足，底子不夠的結果。」他冷著臉批評我的畫，「現在你們是怎麼說的……書法？妳在書法上有下苦功？」

「沒有。」我悄悄拭淚。

「難怪。」他自斟了一杯玉釀，「但撇開技巧拙劣，先天的畫意足堪動容。」他飲了一口，「有慧根。」

我輕笑一聲，「和您宛如天籟的簫聲不能比。」

「徒具技巧罷了。」他飲盡玉釀，又自斟一杯。

「……您喝得慣嗎？」我有點不安，玉釀算是妖族中便宜的酒，郎先生是絕對不喝的。「還是我去幫您換酒……」

「不用了，極劣。」一面嫌棄，卻一面大飲一口，「但觀此圖非飲此不可。」

我突然覺得沒那麼討厭他了。

* * *

十日至。

眼見時刻就要來臨，郎先生尚無蹤影。

「可怨他？」一直沉默的碁宿問。

「有甚可怨？」我失笑。

「他棄妳不顧。」

「遲到而已。」

他深深的看我，「我向來信守承諾，所以絕對不會再延妳命。但妳可以提出死前的要求。妳若怨他，我可以代妳斬了。」

「千萬不要，因為我沒什麼好怨恨的。」頓了頓，「想想我活著一直在受罪，不知道有什麼好企盼的。即使沒有企盼，也還是掙扎活到現在哪……」

他花更久的時間凝視我，我想他覺得我是怪人吧？我自己也覺得。睽違十天的痛楚緩緩侵蝕，真希望不要死得太難看。

瞧瞧，我這種人。到底還是會愛美。

在我按著心臟蹲下來時，碁宿的聲音好像在很遠的地方。「妳有什麼話想告訴他嗎？」

我斷斷續續的說，「不、不用……」沒想到說話也是種花力氣的事情呢，「我要說的……該說的……他早已明白。」我開始咳出烏黑的血，卻不想哭。因為我在這個瞬間，知道我企盼什麼了。少女時的我，和現在的我。企盼的實在是很類似啊！

朝聞道，夕死可以矣。明白的頓悟了，即使這麼痛，這麼痛。我還是很開心的。

我猜我是昏過去了。一顆冰涼圓潤的東西落到我口裡，耳邊是郎先生的聲音，「朱移，別吞下去了。含在舌頭下……那是我的內丹。我回來了。」

等我醒來時，碁宿已經走了。他留下一顆豔紅的金丹，吃下去我老不死的狀態會維持很久很久，直到郎先生離開人世。

後來我洗了好幾次才把郎先生的內丹還回去。我在洗的時候，他在一旁不斷發笑。等我遞給他，一把就咽進去。

真的很任性呢，郎先生。

最後我還是吃了金丹，也誘發了一點不傷大雅的後遺症。那就以後再說了。

之後，郎先生對著畫稱讚，一面烹著普洱茶。阿襄偎在我的懷裡一起看著菊圃映月。

有菊花，有彎月，除了我自己，還有郎先生和阿襄。我再次將自己倒空，好盛裝這一切。

這就是受盡折磨、苦痛永無止盡的長生中，我可以因此企盼而撐下去的緣故。

僅僅如此而已。

之六　貶仙

郎先生推門進來，「怎麼還在家裡？今日踐春呢，送花神可是閨房大事。」

我正在梳妝台前奮鬥，白了他一眼，悶悶的說，「不去。」

他看著我，臉孔微微抽搐，使足力氣在忍耐，當然我也知道他表面工夫實在出神入化，可惜我們認識太久，又太熟了。

等阿襄撲進來，「姑娘，今格兒的瓶花還沒插呢～」理所當然的往我身上剪花兒去插瓶，郎先生終究忍耐不住，放聲大笑。

我只能無語問蒼天。

碁宿不愧是天仙，在那麼短的時間內，就可以「對症煉丹」，這可不是每個仙人都有的本事。我這破病身體，一半讓禍種寄生，花根已經蔓延深種，一半卻是完全的人類。任什麼高明大夫看了都棘手，不管什麼種族。

想徹底拔根是不可能的，只要還有一點殘存根鬚，即使已經枯萎，禍種依舊生命力強悍。就算能徹底拔除，我左半身大約只剩骨架了，自然活不成。用藥也艱難，人類和妖族的都效力減半，而且妖族的藥不是人類受得起的。

但碁宿卻從根本下藥。

禍種之所以出現，乃是因為天地積存過多的邪氣，從中孕育出來的。這種邪氣似精怪而非精怪，似魔而非魔，無知無識，專以寄生生物才有本體可以吞噬。一般來說，能夠成為金毛犼的大殭尸，起源都是被這種奇異邪氣揉合地氣侵蝕的屍體。

但很偶爾的，這種奇異邪氣會入侵草木種子，尤其是花種，危害最烈。一但萌芽就擁有花妖的本能，能夠迷惑眾人諸妖，最喜血腥殘虐，靠吞噬其他生物壯大。上古時出了一株禍種，蠶食鯨吞了半個崑崙，管他神民還是妖鬼魔靈，胃口好得很，還是請動驕蟲才滅了。

之後禍種出世沒有出大狀況，實在是因為禍種靈性十足，不管是哪種眾生都對這種奇花頗感興趣，還沒來得及發揮血腥的本能，就已經被人爭相追捕，拿去煉器煉飛劍了。

不知道是禍種倒楣還是我倒楣，它要寄生也寄生在妖怪身上，捕食容易多了，偏偏寄生在脆命的人類身上，人類又不是很好的土壤，它無力完全寄生。誰不好迷惑，去迷惑郎先生的宗親，惹來一個見多識廣的半妖使者，燒到枯萎了。

若我乾脆死了吧，還可以蔭屍潛伏，將來說不定有機會改修金毛犼……偏偏我還活著，甚至還可以壓抑它。

真正倒楣的極致是，碁宿根本就不去管什麼人不人、禍不禍種。他乾脆的清除形成禍種的邪氣，修補滋潤殘缺的生氣。果然是天仙，見識不同凡響。

的確服了他的金丹以後，我的疤痕急速淡化，原本糾結暗紅如蚓的傷疤褪色很多，也比較薄軟了。所以我的關節不再那麼僵硬，也不會跛得那麼厲害，疼痛也減輕很多。

當然盤據這麼多年，不可能完全驅除所有邪氣。現在這種樣子我已經非常感恩了……最少我不會痛醒過來，或者抱著繃裂的傷口掉眼淚。

只是有個小小的後遺症。

那就是最早被邪氣寄生的倒楣月季花種。邪氣被清除，但生機被激發，原本的月季就開始欣欣向榮，更因為春日而蓬勃，長出細軟的枝條、嫩葉，最後還乾脆開起花來了。

照阿襄的話，我看起來就像是「開花的垂柳」。不幸月季有些微攀延性，左邊長不夠，攀到右邊來。每天我都要剪額前的花枝，不然看不到前面。

最讓人氣悶的是，妖怪真是毫無同情心。我慘成這樣，相熟的妖怪對我大笑特笑，花釵大娘還興沖沖的剪了我十幾枝花，之後我去她那兒逛時，我身上月季做出來的花釵，比尋常的貴十倍，居然供不應求。

郎先生進來的時候，我正在剪額前的花枝。

笑完他也覺得不好意思，安慰我說，「等花季過了，也就……」看著我的臉，他噗的一聲，摀住嘴。

「月季是多年生植物。」我沒好氣的說。

還是城主奶奶有同情心，委託她一個交好的月季妖，送來一丸異香異氣的丹藥。那是推快植物循環的丹藥，當天我梳了快一擔的月季枯枝，這才正常了。只是每年春天，我頭上不免要冒幾根嫩芽花葉，也不免讓阿襄剪去插瓶。偶爾花釵大娘還來補貨……

真叫人氣悶。

＊　＊　＊

和多雨模糊的城市不同，吉量城四季極為鮮明。

才送完花神沒幾日，整個城內外都濃綠鮮翠起來，沒多久蟬聲喧譁的高唱，廣場的攤子紛紛搭起遮陽棚，五顏六色。

郎先生好不容易找到一點空檔，從煥日巷搬到外城的沁竹園。

「成天住著幻居，令人多生憂鬱。」他解釋。

「你這兒一個月也住不到兩天。」我提著針線籃進屋。不老實，就說想讓我和阿襄住好些不就好了，拐彎抹角。

他摸摸鼻子，「朱移，我能不能曲解成妳抱怨我太少來？」

「郎先生！」我瞪他。

他笑著，去屋後撈起湃著的瓜果，和我坐在前廊吃瓜賞竹。

沁竹園園主是郎先生的朋友。（是說他的朋友我已經懶得去認面孔了，恐怕排隊起來可以繞十圈吉量城。）

看園名，就知道是個竹妖，自號高節隱士。他這沁竹園什麼種類的竹子都有，夏日沁涼陰翠，可不是誰都能來住的。是郎先生冒險去偷回他兒子的真身，這才青眼相待，讓我們住他的偏院，不然可沒門兒。

這偏院是他早年養靜的居處，門前一方小池，種著幾棵蓮花，一旁還有半畝向日葵，很是壯觀。屋前屋後竿竿竹涼，豔日濃夏，住起來真的很舒服。

原本以為，忙完叩關和後續，客也該拜賑了，郎先生可以清閒些了，但他真是勞碌命。以前住在台北，他雲蹤不定，找我也沒用，事情反而比較少。現在他在吉量落腳，真是跑得了和尚跑不了廟，反而蜂擁而至，更讓郎先生忙得跟陀螺一樣。

他不知道怎麼擠的，硬擠出時間幫我搬家。像這樣相坐閒談，很不容易。

春末時他回台北一趟過，正在跟我說野櫻安然無恙，他也留了隻傀儡看家。

「本來想折枝回來，但我是路過，怕保存不住。」

「別了，她開花就艱辛，那不是養花的好地方。」我沉默了下來。

「還是想家？」他輕笑。

「吉量很好……我也住得開心。」我思忖著怎麼開口。真的，吉量和台北真是雲泥之別。那個城市老愛下雨，溼氣濃重，空氣污濁，哪裡比得上清淨又安閒的吉量。

但吉量畢竟不是我的故鄉。或許一年、兩年沒問題，可是……可是我還是想念模糊朦朧的雨夜，和遙遠滄桑的市聲。

「這兒太吵。」郎先生點點頭，「隔個幾年我們就來吉量小住一陣子倒好。明年春天，咱們回家吧。」

看了他一會兒，我點點頭。

「身體大好了？還有什麼不舒服？」他殷殷的問。

「好極了，我都能洗衣服了。」我笑，「碁宿大人還真是厲害的。」

他摸了摸我凹凸不平的左臉，「應該還會痛吧？」

「沒那麼厲害了。我不要太發怒，禍種連感覺都感覺不到了。」

他又看了看我的左手，「他當然厲害啦，大前年剛做過萬年飛升慶誕。」

我張著嘴，驚駭莫名。「……他有萬年的修為？」

「是飛升成天仙萬年，還是天帝自己掏腰包幫他慶祝的。」郎先生糾正我，「之前修多久就沒人記得清了……搞不好他自己也記不得。」

「……他要找的東西找到了嗎？」我小心翼翼的問。

「找著了。我都花那麼多錢請最好的催眠師來催眠蛟靖了，還找不到怎麼可以？」郎先生聳聳肩。

……這就是「人間的手段」？

據說碁宿是天帝的好友。但他對權勢利祿全無興趣，是天界有名的修煉瘋子。為了提升境界，即使已經飛升成仙，這萬年中他還自請下凡從頭修悟了三次。

「就是保留靈智，但是徹底的人身，妳懂吧？」郎先生解釋，「凡人碁宿先是在長江射瞎了河神的一隻眼睛，阻止祭河神的陋習，在古雲夢智擒為患的豬婆龍……還重創過搗蛋的雨師……那可是凡人的時候喔。」

……凡人的時候就這麼厲害，天仙的時候……郎先生還跟他對著幹啊？

「沒辦法，我接受了委託呀。」他兩手一攤。

我們居然都還活著……恐怕把好幾百年的運氣都用盡了。

這個連少昊帝都敢打的天仙，非常孤僻，一心只有修煉。誰阻了他修煉的安寧，管他天上人間，帝君星宿，河神雨伯……打了再說。

天帝受不了四方鬼神的告狀，但深究起來，這些告狀的傢伙行為實在也有瑕疵。他心底都暗叫痛快，當然不想罰，但碁宿是天帝友人，不罰恐人說徇私。只好聘他當個棋院士，把天界的靜虛山封給他修煉，時不時把他叫來下棋，穩住他別再跟人（仙）衝突。

本來一切都好，也安穩過了幾千年，誰知道有仙膽大包天，居然敢打天帝寶貝的主意。

雖然追回及時，印官自刎請罪，事情算是了結了。但這寶貝實在太重要了，總要託個有能的保護。

但環顧百官，正氣凜然、不惑名利的，神威低微；神威旺盛的，不免野心勃勃。想來想去，只有那個得了靜虛山就閉門不出，誰都敢舉起拳頭還沒輸過的碁宿。

於是將寶貝託給碁宿看管，卻沒想到有人就能在碁宿的眼皮底下偷走了寶貝。

「……那個寶貝，該不會是天帝的玉璽吧？」我的臉一下子刷得蒼白。

「這是妳說的，我可什麼都沒說唷。」郎先生別開臉。

……你都把印官說出來了，不是玉璽會是什麼啊?!

那個天帝的「寶貝」，正是之後被貶的蛟靖偷走的。

蛟靖乃是蛟精飛升成天仙，晚了碁宿五千年。蛟靖成仙時轟動一時，被譽為妖族奇葩。

一般來說，人類壽命最短，但成仙最快（相對來說）。所以妖族修煉通常都是先修成人身，然後勘破大關飛升，比起慢吞吞的採捕吐納的妖仙之途，不但快多了，境界上也高出一個層次不止。

但水族卻別有蹊徑，譬如蛟蛇魚等，只要直接修龍，就可以用靈獸身分躍升天界，少了一層工夫。

但蛟靖真的天賦異稟，他捨棄簡易的成龍之術，甚至跳過妖仙，以蛟精堪破大關飛升，可見下了多少苦心苦功。

向來不怎麼瞧得起人的碁宿，對這個勵志苦學的後進真是青眼有加，完全不在意出身的人蛟之別。兩個修煉瘋子一見如故，蛟靖也是唯一可以自由出入碁宿住所的仙人。

「這我就糊塗了。」我聽到頭昏，「不是說他們有舊怨嗎？怎麼一開始又很要好？」

「本來我也不懂，後來蛟靖被貶轉世來委託我，我才有點明白。」郎先生喝了口阿襄端來的冰檸檬水，「蛟靖在天上的時候英俊飄逸，可是很多天女愛慕的對象。」

「碁宿老大也不差啊。」我是不懂天界的審美觀，但就我來看，碁宿老大似乎頗有素養，長得也好，「他若肯笑笑應該很不錯……有的女人就愛酷酷的男人啊。」

「朱移，妳喜歡這型的唷？」郎先生好奇的問。

「……我什麼地方像女人啊？」我沒好氣的回答，「有女人會身上冒花冒葉子的嗎？」

郎先生偏離主題的笑了好一會兒，被我催促才說下去。

本來兩個仙人極為要好，同止同息，一起修煉。但連碁宿也不明白（當事人憤慨親述），蛟靖漸漸喜怒無常，兩個人常有口角，有幾次還大打出手。

碁宿原以為蛟靖走火入魔，但他又一點事情也沒有，更摸不著頭緒。這個只知道修煉的天仙脾氣暴躁嚴厲，蛟靖無理取鬧的挑釁，他根本不可能息事寧人，只是哥兒們曾經那麼好，難免還念點舊情，沒痛下殺手。

蛟靖讓他打敗多次，每次都回去苦修惡煉，稍有進展就跑回來靜虛山找碴。有回碁宿入宮伴天帝下棋，回來發現他的靜虛山被燒了一半，金母娘娘派來送禮的侍兒被蛟靖禁錮在門口罰站……他終於暴跳起來，將蛟靖打個半死，鎮壓在後花園十年，天天和他隔著花園對罵。

後來還是天帝知道了，訓誡勸導了一番，把蛟靖放了，遠送到東海輔佐龍王才算暫時相安無事。

哪知道三年前天帝為碁宿辦了場盛大的宴會，慶祝他萬年飛升紀念（當事人表示，他根本討厭吃吃喝喝），四海龍王也在宴客名單內，蛟靖也隨東海龍王而來。宴後蛟靖突然發狂，燒了靈霄寶殿的夜明珠，依律當貶。

被刑之前，蛟靖送了封信給碁宿。等碁宿看了信已經來不及了，蛟靖已入了輪迴。

……什麼亂七八糟的？

「他幹嘛這樣？」我不懂了，「他入輪迴也帶不走啊。」

「所以藏起來了嘛。」郎先生氣定神閒，「他信裡說，碁宿一定知道他藏哪。但碁宿那石頭怎麼可能知道？他翻了一年翻不出來，怒氣沖沖的私自下凡找蛟靖……」

「……蛟靖今年應該……？」我扳著手指算了算，覺得有點頭暈。

「剛好三歲。」郎先生笑笑，「他委託我的時候才一歲八個月哩。我第一次接到這種年紀的委託，真是嚇了一大跳。他說什麼也不想這個樣子出現在碁宿面前，而且還出了很好的酬勞……」

「什麼酬勞？」我小心的問。

「兩百年的修為和福報。落重本哩。」

……為什麼啊？花了這麼多心力、付出這麼大的代價，甚至故意犯天條被貶。什麼也沒得到，不是嗎？

最重要的是，還牽累得我們差點死了！

「我本來也不懂，這些恩恩怨怨似乎毫無條理。」郎先生轉著琉璃杯，

「但被貶的蛟靖，花了重金賄賂刑官，讓他轉生為女孩。」

我覺得腦門一暈。

「私下議論天界隱事，嫌活太長？」冷冰冰的聲音從我們身後冒出來。

郎先生噴了一桌子檸檬水，嗆咳不已，我跳起來剛好撞到桌角。那可是玉石桌，痛得我眼淚直在眼眶打轉。

顫顫的回頭，我真想叫娘。

為什麼碁宿老大無聲無息的在背後，他為什麼會在這裡？他是聽見多少了啊?!我、我們……真的能夠活著走出這個屋子嗎？

「碁宿大人！」我將來擦桌子的阿襄往背後一塞，「阿襄是無辜的，吉量城也是無辜的！有什麼事情都是我和郎先生……」

他面無表情的看著我們，一言不發。

郎先生恢復鎮靜，「見過碁宿大人，請坐。」他喚阿襄去倒檸檬水，自己擦了桌子。「碁宿大人怎麼有空來？訪友還是公幹呢？」

我真佩服郎先生這樣若無其事的本領。

僵持了好一會兒，我和郎先生的冷汗都悄悄冒出來了。

我頭回看到碁宿露出冷笑以外的笑容。「哼，小半妖，你不該是犬封家的，奸滑狡詐，比九尾狐還九尾狐！不嚇嚇你怎消讓我在人間亂轉兩年的恨？」

……我心臟本來就不好，現在覺得快罷工了。

「我只是來交代幾句話。」碁宿輕描淡寫的，「若你再見到蛟靖，跟他說，就算是變成女人，也沒用的。男人我還跟他說幾句話，女人我是連正眼都不瞧的。」

……碁宿老大不愧是石頭。這麼乾脆明白的拒絕。

「他未必聽得進。」郎先生輕嘆一聲。

「那是他的事，不是我的事。」碁宿冷漠的說，「就為了他無聊的私憎痴纏，我被御史仙官參了一本。遺失玉璽、無詔下凡、私傷人口……我也被貶了。」

原來天仙也會暴青筋，而且非常可怕，「天帝要我學會收斂神威，下凡思過百年，最重要的是，這百年……」他怒吼出聲，「我不准修煉！」

我知道他已經收斂神威了，但他只是扶著，已經讓我的玉石桌成了粉末，上面的東西當然也一樣都不剩，一起隨風而去。

……天帝，聽說您頗為賢明。您怎麼把這個不定時炸彈貶下凡，不先收掉他一身神力呢？他頓個腳，吉量城就缺一角了，人類城市還想有渣嗎？

郎先生和我相視一眼，看到對方都有相同的憂慮。

但人家是鬥得過帝君的天仙，我們這兩個半妖和妖人，又能說什麼？只能空泛的安慰幾句，郎先生一再的表示「使命必達」。

最後碁宿大人悶悶的離開了，我們倆沉默很久。

「……該替人間先『預修亡齋』嗎？」郎先生搔搔頭，「還是我先去跟地府打聲招呼……」

我扶住額角。

但我們擔心的天災人禍沒有出現。

因為夏末秋初時，悶悶不樂的碁宿大人浪遊了幾個月，說不管是人類還是妖怪，都無聊得要命。不能修煉更是讓這種無聊上升到發瘋的程度。

「就你們兩個小傢伙還有點意思。」他非常大方的在我的客房住了下來。

郎先生沉默了一會兒，拉住我的雙手，「朱移，妳要堅強。」就逃之夭夭去忙他的了。

我想，我不但命犯華蓋，而且一定太歲當頭。

趴在新買的玉石桌上，一動都不想動。

之七 謫居

自從叩關之後，我這妖人和郎先生那半妖可說吉量城無人不知無人不曉，不管我怎麼分辯，沒有人相信我跟郎先生不是一對。

這種流言終於終止了，但新的流言恐怕會出人命（或妖命）。

傳說我已經移情別戀，還有天仙為我棄天下凡，郎先生敢怒不敢言之類的。

說來說去，都是因為碁宿老大實在太無聊。他無事可做，只好跟著我後面轉。連我和阿襄去廣場逛逛都亦步亦趨的跟著，流言當然如野火燎原，而且妖族想像力向來豐富。

郎先生也覺得流言實在傳得太不像話，硬擠出時間加入逛街的隊伍，流言也從善如流的轉了方向……

兩男一女有很多排列組合，整個呈現大亂鬥了。

我和郎先生都是那種無所謂的人，愛傳去傳吧，哪管得住別人的嘴。但碁宿老大脾氣暴躁，連帝君都鬥得起的人物……整個吉量城加起來不夠他一個拳頭。城主奶奶就把我們叫去囑咐過，要我們好生款待，出任何事都不饒我們。

……我從來沒有這麼想家，真想趕緊逃回台北的屋頂花園。但台北都是高樓大廈，萬一跟來的碁宿老大咳一聲，引起地震，死傷人口真的太多，凡人又不耐打。

我只能悶悶待在沁竹園偏院，乖乖隱居，省得有絲毫風聲吹進碁宿老大的耳裡。買什麼東西都差阿襄去買，這傻孩子跟個八哥似的，聽到什麼就回家重播一遍，我得把她拖到旁邊去，省得被老大聽到。

等我回到前廊，嚇出一身冷汗。

百無聊賴的碁宿大人，拿起我繡到一半的繡繃，正在繡花。

他果然聰明靈巧，光看也會繡，手工還挺精的……不對！

他是誰？他可是敢與帝君爭鬥的碁宿大人哪！多少天女愛慕的對象……淪

落到在我這兒繡花?!讓他保留這個習慣到回天……我不成了天界的罪人了!?

不行，這樣下去絕對不行。我得試著給甚宿大人找點事情做，除了繡花以外。不動聲色的將繡綳拿回來，「大人，你在天界多年，有什麼消遣？」

他想也不想，「修煉。」

能修煉不就大家省心快樂？閉關百年，剛好回天。

「除了修煉，別的呢？」

「沒了。」他嘆氣，「只有修煉我不膩，其他都太簡單。修煉有諸多法門……」成天不語的天仙，一開這個話匣子，就不給人安生。從修煉的心法、口訣、煉器、內丹外丹，滾滾滔滔，沒完沒了。

我想換個別的修道人說不定如獲至寶，欣喜若狂。可惜我像是鴨子聽雷，痛苦莫名。

「……總有別的消遣吧？」好不容易打斷他的話頭，我哀叫。

「無聊。」他閉上眼睛想入定，又睜開，煩躁的嘆了口氣。

……不行，一定要想個辦法。「偷偷修煉不行麼？」

他冷下臉，「天帝就是相信我，才沒褫奪神通，讓我自我克制。我既然答應要反省思過，怎可故意犯法?!」

果然是顆石頭！

「妳還有什麼書可以看？」他嫌棄的看著《閱微草堂筆記》，「淨看這些胡說八道。」

我客居在此，怎麼可能有多少書……呀，是了。

翻了半天，終於找到郎先生怕我太悶送來的筆記型電腦。我記得他說吉量城有無線網路（……），外城不知道收不收得到……

等確定網路沒問題，我鬆了口氣。

「這是什麼？」終於引起他的興趣了。

「筆記型電腦。」我發現我不知道怎麼說明給升天上萬年的天仙了解，

「……人類做的一種法寶。」

他一臉迷惑，我趕緊打斷，「不重要。總之，這有很多可以看的書……」

坦白說，電腦我只會ＢＢＳ和開網頁。我是ＤＯＳ時代開始接觸電腦的，

但我不像妖怪們都可以站在時代尖端（這點郎先生就像妖怪了），若不是286時代的電腦要輸入英文指令，我硬學會了二十六個英文字母，還學了一點英文單字，我是不可能自己去學英文的。

雖然教天仙這種科技產物怪怪的……但我還是盡力了。我只教他開網頁和搜尋引擎，還拚命回憶倉頡的拆字法，設法結結巴巴的教給他。

「行了行了。」他嘆氣，「看妳教我就累了。這麼簡單的邏輯，為什麼到妳手上這麼難……」他看了一遍鍵盤，接著就運指如飛，快速而正確無誤的在搜尋欄打上字。

我啞口無言。天仙的學習能力真是……讓我自慚形穢。

不過只要他有別的事情忙，而不是繡花，就達到我的目的了。

我真的不要再看到他拿我的繡花針了。

抱走那台筆記型電腦，碁宿老大真的安靜下來，起初還聽到咖啦啦的打字聲或滑鼠的聲音，接下去就安靜無聲了。

繡好了一幅前襟，天色已經昏暗下來。雖然我不知道天仙需不需要照明，不過還是起來開燈。

不經意一看，我獃住了。

碁宿凌空盤腿坐著，筆記型電腦自然也是凌空的。他交疊雙手，碰也沒碰鍵盤或滑鼠。但網頁飛快閃過，同時自動輸入搜尋的字，滑鼠游標急移。

我揉了揉眼睛，不太敢相信我看到的。

他像是驚醒，挪了挪眼神看我，「人類的法寶也很厲害呀。但所謂萬法歸宗，跟各類法寶相同，不外是『陰陽』而已。」

只玩了一個下午，他就滔滔不絕的給我上了一堂「電子計算機天仙版概論」。我哪聽得懂什麼零和壹與陰陽，什麼程式語言和符學的比較，我怎麼知道神識要怎樣侵入硬碟和網路……

「……我若聽得懂我就成仙了。」我自嘲的說。

他真正的看著我，「妳想成仙嗎？」

「完全不想。」我很乾脆的回答。

「怕苦？怕累？」他頗感興趣的問，「其實若不追求太高的境界，成仙也不難。」

「就算吞顆仙丹就成仙我也不想。」我把針線籃拿進來，繼續刺繡。

「為什麼？」他追問，「雖然我延了妳的命，痛苦或許減緩。但妳依舊要生活在病痛中。妳不想擺脫病痛？能讓妳徹底擺脫病痛，唯有成仙脫胎換骨……」

雖然我不太懂眾生之事，但基本知識還是有的。「我這樣子……只能修入妖仙。」

「對，七郎也是。」他點頭。

「或許會有天仙看上我們這兩個小小妖仙，帶我們升天。」我低頭刺繡，「但我不想去掃別人的門口，更不想成仙好方便別人掏我的內丹……或說禍種的內丹。」

我又不是呆子。在人間雖然不濟，我這點小把戲還是可以對付大部分來找碴的傢伙。天界？你開玩笑？隨便哪個端茶倒水的小仙婢都可以掏出我的內丹來玩玩，我是個不完整的妖呢。郎先生那種個性，你說他會願意去給誰掃門口？費那麼大的勁修入妖仙去幫別人看門掃地？別亂了。

碁宿直直的看著我，看得我有點害怕。「妳和七郎不如來跟我。我絕不會叫你們來掃地，如何？」

「……啊?!」

「我先說服七郎好了，妳是個石頭。」他咕噥，繼續把神識侵入電腦中（大概吧），螢幕又開始飛快的閃網頁。

……被石頭說是石頭，情何以堪？

* * *

一週後，碁宿大人又撿起我的繡花針和繡繃。

我慘叫一聲，趕緊搶回來。「……這是女人的活！」

「哎，人間的知識太少了……繡花可以多消磨點時間。」他滿臉無奈。

「……你都看完了？」我真不敢相信。

「中文的部分都看得差不多了。」他厭倦的嘆息，「其他都是重複的，翻來覆去變花樣。還有魚目混珠胡說八道的……連那個我都看了，妳說說我有多無聊……」他伸手要我的繡繃。

我把繡繃藏在身後，拚命搖頭。所謂急中生智，我想到碁宿之前是天界的棋院士。

「……你以前陪天帝下棋對吧？」

「是呀！」他打了個呵欠，「天帝的棋藝實在是……平均兩百年才可以贏我一盤。幸好他棋品還不錯。」

「那個法寶可以跟別人下棋唷！規則可能不太一樣……但不會差很多。」

我把繡繃塞進針線籃，叫阿襄趕緊提走。

碁宿精神一振，也很快的進入狀況。但說真話，網路圍棋的人類對手想跟天仙下……這根本是螞蟻和長毛象的戰爭。

我看他很快就興味索然，還沒等他抱怨，我就決定蟻多咬死象了。

「你又不一定只能跟一個人下。」我哄他，「你可以開很多視窗跟很多人下啊。」

「有道理。」他精神都來了，「這有趣多了。」

……我只希望被他殺得片甲不留的網路對手，心靈不要留下太深的傷痕。

我又恢復之前隱居的生活。

第一印象果然是不準的，相處過之後，才知道碁宿大人也沒什麼可怕的……個性雖然有些怪異，但也不是蠻橫無理取鬧之輩。初見面他會那麼兇橫霸道，實在是被郎先生氣壞了。

難怪碁宿會罵郎先生比九尾狐還九尾狐呢……他這個聰明智慧的天仙，卻被郎先生佈下的連環計和連環陷阱氣得暴跳如雷——被拐到地心和岩漿相見歡，或去南極的冰天雪地和企鵝排排坐……實在不是什麼愉快的經驗——被耍到這種地步，卻連郎先生的一根毛都沒看到，更不要談蛟靖的下落。

當然郎先生佔了地利人和之便，他熟悉人間，還有眾多狡詐朋友幫著眾手遮天，才讓碁宿吃了這麼大的虧……最重要的是，郎先生正經的只有一張臉皮，骨子裡促狹狡猾。他想耍誰，還真沒誰躲得過，即使是鬥帝君的天仙。

可憐碁宿大人惟修煉是命，哪裡玩得過郎先生。要不是顧道長吹牛的時候讓他聽見，換他玩場欲擒故縱，隨後追蹤，還不知道要讓郎先生耍到何年何月。

一知道真相，我不禁同情起這個可憐的天仙，莫怪他一動手就那麼狠。

但別的妖族可不知道。天仙是眾仙之首，更不要提碁宿大人打得少昊帝狼狽東逃，還是飛禽百官絆住碁宿，才讓少昊逃回國都，自此閉門不出。這件事情流傳已久，加上顧道長老毛病不改，又在吉量大吹特吹……害沁竹園的園主都嚇得逃回內城居住，你說還有什麼妖族敢來作客？

我倒是因此清閒很多，也漸漸習慣這種生活……說不定還鬆口氣。

與人來往固然好，但總是讓我很容易感到疲倦。我最喜歡的還是安靜的生活，只跟幾個相親的人相依。雖然我離私塾先生家小姐的歲月已經非常非常久了，但某些特質已經內化成我的一部分，我早習慣如此的生活。

現在我多少能操持一點家務，和阿襄忙來忙去，現在也教她一點針線……再來就是款待我們不能修煉的天仙大人。

碁宿大人不能修煉，就要飲要食要睡覺。雖然說需要的不多，還是不能沒有。只是我端著托盤到客房門口，發現早餐一點都沒動，還擱在那。

而我們碁宿大人呢，對著筆記型電腦噴出一口仙氣，同時和十三個人下棋。表情迷醉狂熱，唇角擒著一絲微笑，看起來很享受「大屠殺」的樂趣。

他這個樣子已經半個月了，對我說的話不超過十分鐘。當中絕大部分都在抱怨人類法寶雖然構思巧妙，但材質脆弱，動能粗糙原始，「連二十個視窗都開不了，能幹什麼呢？太差勁了。」

我已經打算把這電腦乾脆的送給他了。這玩意兒已經被他修煉得有仙器的味道。自從他把電池燒了，他就乾脆的重新鍛鍊過，現在靠的是仙氣驅動……我去哪兒生倒楣的仙氣？這台筆電恐怕只有他能用了。

喊了一聲，他沒理我。我正想擱下午餐，把冷透的早餐端走時，郎先生幫我端了起來。

「咦？碁宿大人在做什麼呢？」他探頭看了看。

「……玩網路圍棋。」我壓低聲音，「外面說話，別打擾他……他在跟十三個人下棋呢。」

「不用那麼小聲吧？」碁宿抬頭，「十三個人而已……小意思。小子，你還知道要回來啊？都進來說話。」

郎先生把托盤遞給阿襄，拉著我坐在碁宿面前。「大人正在對弈，七郎不敢打擾。」

碁宿輕笑一聲，「五嶽府君同我下棋，被我一陣快趕殺得大敗。他們特地去邀滿了一場百棋會，邀了不少高手，連南極仙翁都來了。」他傲然一笑，「懶得跟他們車輪戰，我一次跟這百位的所謂高手下。他們下的是明棋……」碁宿點了點自己的腦袋，「我是盲棋。」

我倒抽了一口冷氣。我棋藝低微，但還知道什麼是盲棋。就是只有報目數，但既沒有棋盤，也沒有棋子，非常考驗記憶力。

他居然一口氣同時下了百盤盲棋！

果然下十三盤盲棋對他來說輕而易舉，還可以聊天哪！

「大人果然厲害哪，七郎佩服。想必大展神威？」郎先生笑。

「還可以，三平九十六勝。」碁宿聳肩，「雷公棋品不好，炸了棋坪和棋子，拂袖而去。你呢？郎小子，你棋品如何？」

「還行。」他淡淡的。

「來吧，你來當第十四個對手。」碁宿微微揚眉，「盲棋行麼？要讓你幾子？」

郎先生想了想，「大人已經讓了十三盤了，七郎不敢請求讓子。」

一開始，他們下得極快。我只聽到他們倆在那連珠炮似的報目數。碁宿表情漸漸嚴肅起來，郎先生也微微皺攏了眉。

碁宿大人螢幕裡的視窗漸漸減少，卻沒有開新局。這不像他的習慣啊？他總是嫌這些小鬼太弱，一直都維持在十三個視窗。我想是郎先生給了他壓力，讓他沒再另開新局。

等剩五個視窗時，郎先生哎呀一聲，「糟糕了。」

「想渾水摸魚？門都沒有。」碁宿深沉的笑起來，「想用別個人的棋路打亂我？好好修煉個幾百年看看吧！」

然後他們開始下得比較慢了，等電腦所有視窗都關閉，郎先生搖頭，「可惜，可惜。」

「下個棋也這麼陰險狡猾。小子，你該不會是抱錯的，從狐狸窩抱來狼窩的吧？」碁宿獰笑，「少耍那些心機了。」

「所謂兵不厭詐。」郎先生也跟著獰笑，「大人的託付，我已轉達蛟靖，令人不忍哪……」

「我對白癡從來沒有什麼忍不忍。」碁宿冷哼一聲，報了目數，「倒是你，這麼久沒來瞧瞧朱移……也不怕讓人拐了去？」

「這倒不敢有勞碁宿大人替我思慮這個。」郎先生淡淡的也報了目數。

「郎小子，你的防心術出現裂縫了。」碁宿嘲笑，「真要短兵相接？」

「富貴險中求啊。」

「修道中人有什麼富不富貴的。」碁宿報了目數，「這樣吧，郎小子，你和朱移跟我修仙吧。在人間這麼混，早晚混掉你的小命，還帶累朱移。」

「我不想去當看門狗。」郎先生回報了目數。

「頂多也是看門狐，怎麼會是看門狗？」碁宿嘿嘿的笑，「放心，我不會叫你們去看門掃地。這樣吧，我收你們當師弟、師妹，平輩相交，如何？」

郎先生揚了揚眉，「不敢高攀。我們這種粗野半妖和妖人，不慣天界的規矩。」

「噯，你不為自己想，也為朱移想……」

「喂，拜託不要替我想！」我立刻插嘴。

「才不讓她去呢！」郎先生無畏的望他，「她想去也不會讓她去。」

「我沒有想去啊！」我大聲抗議。

但這兩個可惡的男人都不甩我。

碁宿睥睨的看著郎先生，先報了目數，「你能管到幾時？到她嫁人？」

「她要嫁也不會給她嫁！」郎先生飛快的報了目數。

夠了，我真的忍無可忍。霍然站起來，「你們要互相擾亂心思是你們家的事情！別拿我當因由！」

男人，真是莫名其妙！

我氣得一跛一拐的走出去，當天就帶著阿襄去城主奶奶家借住一晚，管他們倆有茶沒茶、有水沒水，會不會餓死。

第二天，郎先生眼睛紅紅的來接我，看起來他們下了一夜的棋。

他一來，我就跟他走了。因為我也受不了城主奶奶了。一直跟我講什麼床頭吵床尾和有的沒的，我不如回家生氣，耳根還比較清靜。

扶起枴杖，牽著阿襄，默默跟在他後面。要不是小姑娘一路走一路天真浪漫的唱歌，氣氛真是沉悶透了。

「……不擾亂他的心思，一點勝算都沒有。」郎先生半辯解半道歉的說。

我沒吭聲。

他搔了搔頭，沒再說什麼。我們就這樣一前一後走過了大半個內城，天才剛亮，路上行人還不多。

走到外城，他停了下來，轉過身看我，很認真的問，「朱移，妳很想嫁別人是嗎？其實……」

我是懂他的意思，也知道他不是那個意思。但我一時氣血翻湧，舉起枴杖，狠狠地敲在他頭上。

不說他猷住，我也嚇傻了。

真不愧是大師的得意之作。居然可以敲破神通廣大的半妖額頭……不對，我打他幹什麼?!

心頭一酸，整個氣餒下來。我掏出絹帕，舉手拭他額頭的血。「抱歉，我太暴躁。」

「不太痛。」他接我的絹帕，「其實，世宗早就求過我，想要見妳……」

我變色了，厲聲回他，「不見！」撐著枴杖，我拉著阿襄，急急的往沁竹居走。

「朱移！」他攔著我，「傍晚我就得走了。事兒麻煩，不是十天半個月可以了……我不想彼此懷著氣走。」

我停了下來，低頭看著一臉迷惘的阿襄。「姑娘？別生氣。是阿襄不好嗎？對不起，別生氣……」

「阿襄乖，」我忍住淚，「先回去燒水好不好？等等我想泡茶。」

她點點頭，一蹦一跳的去了。

深深吸了幾口氣，我抬頭注視著郎先生。「郎先生。我知道你以為我在生什麼氣，明明你知道我不是為那個生氣。你以為我是怎麼想的……但你也知道我不是那麼想的。」

忍住嗚咽，「之前或許我也迷惑困擾，有了阿襄以後，我就明白了。我怎麼憐愛阿襄，你就是怎麼憐愛我……就這樣而已。」

我痛惜這樣年輕美好的生命，慘死到魂魄殘缺，卻心底沒有絲毫怨氣，平靜的接受自己一無所有，所以我如此憐愛阿襄，替她梳頭，為她裁衣，與她相伴。

就像是從她那兒看到我不幸的倒影一樣。失去父母、失去家鄉，最後連人類的身分都失去……什麼都沒有。殘缺到連怨恨都不敢，怕連最後一絲人性都因此泯滅。

郎先生大約也在我身上看到類似的倒影吧。我們……我們都是這世間的棄兒，什麼類群都不要。所以心痛，所以回頭，所以垂憐看顧。

並不是要什麼俗世既定關係或收受。

郎先生定定的看我哭，突然俯身將我抱個滿懷。我先是嚇了一大跳，原本想抗拒。但內心漲痛酸軟，往事如潮，想想彼此的孤苦和磨難……我失禮的反抱他，大放悲聲。

「朱移，」他在我耳畔說，「我不讓妳去天上，也絕不准世宗接近妳半步。妳永遠是我的解語花。」

*　　*　　*

傍晚郎先生不得不走，戀戀不捨的說，餘下的棋步他會送簡訊過來，留了一隻手機給我。

呃……我跟郎先生的頭回吵架就這麼結束了，但他和碁宿大人的戰爭才開始……那盤棋他們下足了一個月才分出勝負。

碁宿大人根本不開電腦了，不吃不睡，獨自在客房裡懸空而坐，認真下這盤隔空的盲棋。我猜碁宿不知道用什麼方式直接通知郎先生，郎先生要思索很久才傳簡訊回來。

雖然說郎先生這次辦的事情應該沒有什麼危險性，但耗費心力。這是一起龐大的遺產糾紛，人口牽涉上百，糟糕的是，當中種族複雜，除了人類和妖怪，據說還有幾隻雨師妾在裡頭攪和。

真不知道他要怎麼在這樣可怕的「人」多口雜中下這盤碁宿大人這樣認真對待的棋。

最後郎先生疲憊的回來，因為他堅持要下最後幾步。

「哎，大勢已去。」下了三天三夜，郎先生嘆了一聲。

碁宿大人縱聲大笑，「哈哈哈～郎小子，你也有今天！」他神情愉快，宛如雨過天青，「贏了……但也輸了。死狐狸崽子。」

看起來是碁宿大人贏了……但為什麼說「也輸了」呢……轉思一想，我明白了。

碁宿大人全神貫注的下這局棋，而郎先生是在一團混亂、東奔西跑中下這盤棋的。所以碁宿大人才這麼說。

但我倒因此喜歡這個坦蕩的天仙。雖然還是死都不會跟他去修什麼仙的。

碁宿邀郎先生再戰，他立刻拒絕了。

「不是小子不識抬舉，實在為了這盤棋，我讓朱移敲了一楞杖。」他搖頭，「我怕再下下去，就不只是一楞杖了。」

「才不是！」我叫了起來。

「沒錯，根本不是。」碁宿點點頭，「丫頭，有慧根。這死小子根本就是渾水摸魚，死纏爛打，棋品之低劣，真是見所未見聞所未聞……」

我棋力甚低，所以沒聽很懂。大致上來說，就是郎先生趁碁宿大人鏖戰十四人時，模仿了當中幾位高手的棋路，渾水摸魚，大打攪亂戰，先有個基礎，等大人砍了八個不錯的對手以後，壓力驟增，郎先生才會說糟糕了。

等碁宿大人砍完那些雜碎，專心對付他，他大感吃力，只好搬出蛟靖想亂心，哪知道碁宿大人不為所動，反過來以其人之道還治其身，逼得郎先生只好屢出偏鋒，死纏爛打，一直拖到要出門。

一般的高手，讓人這樣壓著打，通常就很有風度的認輸了。但我們郎先生，字典沒有「認輸」這兩個字。他熬到出門了，就知道自己贏一半，苦苦支撐了一個月，已經無子可出，才說大勢已去。

所以碁宿大人才罵他棋品低劣。嗯……其實我也有同感。

郎先生在我那兒住沒兩天，又被人磕著頭去辦事了。他原本想休息，但看委託人拚了命不要，頂著天仙神威（其實碁宿在睡覺，也從來沒有什麼神威）來磕頭，他無可奈何的去了，回頭還囑咐我，「我帶回來那包霜茶藏好些，讓碁宿瞧見可就沒了。」

「……昨天他已經喝掉了。」我倚著門說。

「這老小子……」郎先生咬牙，聽到客房一聲咳嗽，他才閉了嘴，快快不樂的說，「朱移，再見。」

「郎先生慢走。」我走上前，把一小包茶葉塞到他手底。沒辦法，哄了半天，我只騙到半兩霜茶，大約還可以泡個一杯吧，總比一滴也沒得喝好。

郎先生眼睛一亮，對我眨了眨眼，這才跟委託人走了。

一回頭，碁宿叉著手在我背後，冷冷的說，「敢說我是老小子。將來他成了我師弟……哼哼，哼哼哼……」

不會有那一天的，碁宿大人。我在心底默默的回答。

不過，自從下了那盤棋，碁宿大人原本鬱鬱的心情，倒是如光風霽月般，明朗起來。

現在他會到處走走，也會關心午餐吃什麼。閒暇無事，他把前後籬笆都整修過（還加上一些莫名其妙的仙陣），養花蒔草（靈氣濃重到我都擔心轉身成了花妖草精），甚至把阿襄的傀儡徹底整修一遍，幾乎是用仙器在涵養她僅存的殘魂了。

「將就過去了。」他看著我幫阿襄梳頭，「妳怎麼不求我？」

「要求什麼？」我奇怪了。

「妳這麼疼這個小傀儡，妳若求我一聲，我就可以幫她提升到物靈……怎麼不求？」

梳著阿襄柔軟的頭髮，「求了可以讓她肉其白骨，取回她失去的人生嗎？」

「天仙沒那麼了不起。」碁宿沒好氣的說，「天仙依舊在輪迴之內，無法跳脫。就算脫出輪迴，這種逆天到底的事情也不能做。」

「那就沒什麼好求的了。」我笑了笑，「但還是謝謝你啦，碁宿大人。」

他沒說話。我幫阿襄梳好頭，綁了一串丁香，抬頭才看到他盯著我沉思。

「朱移，妳還是來跟我修仙吧。」他開始鼓吹，「妳這麼愛這個小傀儡，一起帶走沒關係……好處可多啦……」

我趕緊站起來，「你不是說想吃清燉冬瓜湯？我去看看趙大叔的冬瓜能吃了沒有。」拖著阿襄，我逃也似的跑掉了。

但碁宿大人把他對修煉的熱情都灌注在勸服這件事情上。他除了日常散步、養花蒔草，下幾個小時的網路圍棋和睡覺外的時間，都拿來對我疲勞轟炸。

終於我忍不住了，哀叫著問，「為什麼啊？你以前都是獨自修煉，何必找我們去吵你？」

「一個人當然好，」他嚴肅的點頭，「但是許多大傢伙就太費力氣，威力還降低很多很多呢！像是煉器啊、煉丹啊，這都需要好幾個人共煉。太上老君輸了我一紙丹方，但是他的煉丹爐卻死都不借我。看起來得自己煉啦，若是我們三人協力，其力斷金啊！而且妳修起來是花仙，七郎那死小子應該是妖仙，煉丹是花仙專長，煉器妖仙有獨特法門，更出神入化啦！

等咱們煉出威力強大的法寶丹藥……哼哼，我看少昊那老混球跑哪去！敢跟我挑釁還跑？以為躲著就是勝負不分？別做夢啦！有你們幫手，我看他們那群雜毛有什麼看頭……丫頭，妳不是畫魚網捕鬼？妳就把少昊的那些雜毛網一網算了……」

……我才不要去當鬥帝君的幫兇。現在才深刻的理解到碁宿大人是個如此危險的人物。

「為什麼是我們啊？」我好不容易得到說話的機會，「你老這麼英明神武，應該有數不清的仙人想逢迎拍馬……我是說，想跟你老親近。何必寄望我們這兩個不成器的東西……」

「他們還好意思稱『仙』？」碁宿冷哼一聲，「成仙了不起啦？成仙就可以無所事事，爭權奪利、誇豪爭強……有幾個把砥礪修行放在心底？貪婪成那樣……乾脆回去當凡人好啦，多理直氣壯！只會抱著大腿要這要那，從來也不自己努力……」他大吼出聲，「本尊看不起那種沒骨頭的東西！」

……吼就吼，你何必吼碎我的茶壺和火爐？

「其實我也很貪婪的。」絞盡腦汁，我擠出這個虛弱的理由，「只是你對我了解不夠。」

「屁。」他橫了我一眼，噴出一口仙氣，開啟了電腦。

撲滅了炭火，我悶悶的掃著地上的碎片，阻止阿襄用手撿。

半園黃花損，碎金滿地。秋深了，天高氣爽。原本這個季節，我會惘然的烹茶賞殘菊，沉浸在往事的哀愁中……

但讓火爆火燎的碁宿大人一混，什麼愁緒和詩意都飛到九霄雲外。

嘆了口氣，我掃好碎片，牽著阿襄，扶起枴杖，準備去買第二十三個茶壺和第六個火爐。

為什麼我隱居的歲月會這樣熱鬧滾滾到民不聊生的地步呢？我很納悶。

之八　棋緣

自從我嚴肅的解釋什麼叫做「欲速則不達」之後，碁宿大人從善如流的將他的疲勞轟炸控制在我能夠忍受的範圍內。

他把注意力轉到對奕上，每天都有數不清的挑戰者。

當然，這些挑戰者沒半個妖族……最少隔著螢幕我不知道是不是。自從碁宿大人出現在網路圍棋的世界之後，有人引介他去一個國際性的網路圍棋，突然冒出許多高手來和他挑戰，他也就冷笑的料理了許多無辜棋士的自尊心。

我也不懂，下棋就下棋，為什麼可以交談……而且不只中文、英文，還有許多怪模怪樣的文字，但碁宿大人都不當一回事，光用神識就流利無比的和十幾窗的對手對談，偶爾還會嘲笑對方。

能被他嘲笑的還真該回去燒香拜佛，感謝上帝有保佑。他的指點可是很稀少的，因為他對凡人和妖怪最多的評語就是：「無聊。」

能讓他覺得不無聊足以嘲笑的，那真的很不簡單。

放棄了解複雜無比的網路世界，我低頭縫製碁宿大人的衣服。或許我不懂網路圍棋，但和他相處這幾個月，我倒是越來越明白碁宿這個人（仙）。

碁宿是個頑固、絕對認真，律己到苛刻的好人……同時是個怪人。

他對七情六慾、愛恨怨憎完全不屑一顧，覺得一個修道人早該把這些情感煉乾淨才對。他雖然覺得凡人很無聊，但也容忍他們的多貪多欲，畢竟是群毛孩子（他說的），妖族他也勉強可以忍耐，因為是半大孩子（也是他說的），但他完全無法容忍仙人的因循怠惰和缺乏骨氣。

有幾個來攀交情的地仙讓他揮袖掃出去，據說一路飛到海南島。他憤慨的說，是他極力忍耐，不然非送他們去看企鵝不可。

但有幾個無禮挑釁的妖仙，又讓他打得滿地找牙。他還理直氣壯的說，是對方先動手，染污了他的衣裳（肉眼幾乎看不出來的灰塵），他只是自衛云云。

奉承他不好，挑釁他不對。漸漸的我明白過來，他喜歡有骨氣但有禮貌，對原則堅定不移的人。所以他老是罵郎先生是死小子，卻一直磨著要收他當師弟。對我囉囉唆唆，是因為我情感淡泊，既不怕他，也不捧他。

「哪兒話，我怕你怕得要死。」我嘀咕，「像你這麼英明神武……」我哽住。我發現逢迎拍馬絕對是一種才華，我就辦不到。掙扎了一會兒，我靈光乍現，「而且你不是說，你跟女人更沒什麼好說嗎？」

「妳是我師妹，不是女人。」他輕描淡寫，「阿襄，你們先生藏的那包棗子呢？拿來我吃。」

「好。」阿襄的傀儡體是他重煉過的，真是言聽計從。我又不好出聲反對。

……我知道我不像女人，但何必這樣講得這麼明？

正尋思怎樣打消他的主意，他突然驚詫的咦了一聲。「居然有人贏得了我。」

我張大眼睛。不會吧？戰無不勝攻無不克的碁宿大人居然也有人贏得了？

「這毛孩子有天分，有毅力。」他喜笑顏開，「下了三百多盤終於贏我一盤。看起來值得認真了……」

他再也不開多視窗，而是單獨和那個不知道該說是幸運還是倒楣的對手下。除非那個毛孩子不在，不然他不跟其他人下棋。若是毛孩子上了，他也會突然痛下殺手，不再戲耍對方，好結束其他棋局跟毛孩子專心對奕。

「真的是個小嬰兒呢，」他喃喃自語，「才十六歲。這麼小的凡人啊……嘖嘖，怎不學好……」

我停下針線。「碁宿大人，你怎麼知道？」

「這有什麼難？」他漫應著，「每個電腦開機就有個地址。神識探去看看就知道了。」

……對不起，我聽不懂。

但我也真的很好奇。我們這個個性古怪的天仙老大，頭回對凡人有興趣。我伸長脖子看他的螢幕，發現那毛孩子取了個怪名字，叫什麼「天下霸權」，打出來的字分開來個個都懂（注音符號我多少懂一點），合在一起就讓人糊塗。

好一會兒我才領悟到，是他的錯別字太多。

看了一會兒，我頭昏眼花，比什麼無字天書還痛苦。我放棄辨識天書，把衣服縫好，然後跟阿襄去做晚飯。

碁宿大人倒是很喜歡這個毛孩子，有段時間天天跟我講這孩子的瑣瑣碎碎。他是天仙，想明白一個千里之外的毛孩子還不簡單。所以我知道這個毛孩子叫做賴有華，十六歲，是個國中生。為了怕當兵，所以在一家私立國中七進七出……被開除七次，又入學七次。

交了一票壞朋友，成天在街上遊蕩，偷雞摸狗，勒索偷錢。但別的朋友沉迷網路遊戲，他卻因為「奇零王」的啟示，獨獨喜歡下棋。

「奇零王是什麼？」我仰頭想，實在我看過的書沒有這個人物。

「我也不知道，奇怪了。」碁宿大人搔搔頭，「我雖然沒什麼朋友，三界六道倒都熟，但我實在不知道有這個奇零王。」

不過這個壞孩子倒是很崇拜碁宿大人，也非常不服輸。不但一再挑戰碁宿大人，還什麼話都跟他說。碁宿常對著螢幕發笑……真難為他看得懂那種天書。

我只想勸他把錯別字改一改，十個字裡頭錯八個，這可不是什麼才能。

＊　＊　＊

縫好了碁宿大人的冬衣——我知道他是不怕冷的，但我已經習慣打理身邊人的衣物，他終於捨得起身試穿，「哦，不錯，穿起來舒服……但袖子做啥這麼長？」

我一時語塞。這衣裳有八成像古裝，我看了一個地仙這麼穿，暗暗把樣式記下來。說實話，不知道會不會化為齏粉……實在天仙老大看起來（僅僅外觀）纖細柔和，有種「沉郎清瘦不勝衣」的楚楚感……忍不住就這麼縫製了。

我實在沒有膽子照實說。

但說不說好像沒什麼兩樣，他瞪了我一眼，在我額頭彈了一記，幸好只是有些疼，沒有腦漿迸裂。「小丫頭家腦子裡裝些風花雪月，沒點正經！本尊這麼英雄氣概，讓妳想成什麼樣子?!」

我惟惟稱是，扶著額頭轉身就想逃跑。

「回來。」他喝道，「……搶銀行不是什麼好事對吧？」

我嚇了一大跳，雖說碁宿老大要去搶國家金庫也絕對沒人攔得住，但無緣無故，何必去搶他又用不到的銀行？

「什麼地方……打劫都不好吧？」我小心翼翼的回答。

「當然不是我。」他沒好氣，「毛孩子思忖著明天要跟人去結夥搶銀行。」

哎呀呀，不學好到這種程度。現在我是知道這個毛孩子住在苗栗了，跟我算是同鄉。我拚命回憶，無奈我對世事都不太關心，依稀記得一個李什麼科的。

「好像要判死刑。」想了半天，我只記得這個。

「哎呀，難怪今天下得亂七八糟的，小孩家想什麼呀。」碁宿大人皺緊了眉，「這怎麼行？非好好說說他不可……」

沒一會兒，他一臉怒氣的抬頭，「那小子！居然沒等我話說完就下線！」

後來的事情是碁宿大人跟我說的（還頗洋洋得意）。

在我拿冬衣給碁宿大人試穿時，他還分出一絲神識跟毛孩子對奕，奇怪他今天怎麼表現這麼差，簡直是胡亂下子，他一面跟我講話，一面探神識去瞧瞧小鬼心底在想什麼。

結果那毛孩子居然想著明天跟同夥要去搶銀行的事情。一問之下，發現搶銀行可是壞事，才跟那孩子說不可搶銀行，那個孩子就馬上關了網路圍棋的視窗。這可激怒了老大，他馬上用神通在毛孩子的電腦螢幕上浮現文字，嚴厲的告誡他一頓。

結果那個飽受驚嚇又倔強的孩子，乾脆的拔掉電腦插頭了。這可讓碁宿大人發起火來，他在那孩子的房裡浮現虛影，把那個毛孩子嚇暈了。

「居然說我是鬼，沒禮貌！」碁宿大人非常生氣。他就非常缺乏常識而且任性的禁制了毛孩子的房門，將他關了一天一夜，最後驚動消防隊用雲梯將嚇壞了的孩子從窗口救下來。

我聽得目瞪口呆，「……這樣是可以的嗎？」

「我已經將禁制撤掉了。」

不，重點好像不是這個。「這樣干擾凡人，天律……」

「我又沒殺他，連碰都沒碰他一下。相反的，我還是救他呢！」碁宿大人凝重的搖頭，「沒得搶銀行，就不會判死刑，不然真死了，誰來陪我下棋？就這小子棋路還可以讓我覺得有點意思。」

……讓碁宿大人覺得有意思，通常都不是什麼好事。那毛孩子若夠聰明，就該好好做人，戒掉網路圍棋，別再引起碁宿大人的興趣。

但你知道的，人類有時候不但很呆，而且好奇心過重。

沒幾天，那個毛孩子居然爬上來，又跟碁宿大人開始對奕了。他一口咬定碁宿是「害課」（這是啥？），為了證明自己不是什麼「害課」，碁宿大人又露了一手虛影……

這次依舊被嚇昏的毛孩子，醒來興奮莫名的說碁宿是什麼「左惟」。

「妳也不知道？」碁宿搔了搔頭，「等七郎來，我問他好了。」

郎先生來訪的時候，碁宿大人客氣的請教。他問了半天，思前想後，又琢磨了好一會兒……「啊，我懂了！」

他在搜尋引擎上面打了「棋靈王佐為」，就拉我去喝茶，讓碁宿大人好好的了解一下現代的次文化。

初雪方起，綿細如春日之絮，爐火方青，而茶香冉冉。本來非常詩情畫意，卻不斷的被碁宿大人的狂笑聲打斷，「哈哈，哈哈哈哈～～」

等我知道一切都是錯別字惹的禍，和棋靈王到底是什麼……碁宿大人已經決定去收徒了。

他決定親自去管教那個毛孩子，以後升天才有人可以下棋。「舍我其誰？我是佐為嘛……」他又是一陣狂笑，飄然而去。

……不知道苗栗的房子結不結實？或者該說……整個島的結構穩不穩固？我真不希望到時候無家可歸，因為整個島都沉了。

「不要緊，我學會了辟水訣。」郎先生安慰我，「到時候照樣住，野櫻也開得了呢。」

我可一點都不覺得安慰。

之九　歸鄉

火爐上的茶壺沸騰，冉冉冒著淡淡的白煙。飄然和沉靜的雪融成一氣。據說今天是冬至，家家戶戶吃湯圓。

若是我一個人，就無所謂冬不冬至。但阿襄在身邊，就不能免俗。喝茶吃湯圓雖然有點怪，反正沒有人在意。

雙手合十，我將面前的這碗湯圓奉給阿襄，她就可以捧著熱騰騰的湯圓吃。這還是碁宿大人整煉過她的傀儡體，才讓她得回吃東西的權利。

看她一面吹涼湯圓，又迫不亟待的吃，我一面擦著她額頭的汗，一面囑咐，「吃慢點，慢點。別噎著了。」

「姑娘，好好吃。」她含糊不清的說，「妳也吃嘛。」

雖說金丹驅了邪氣延了命，我身體還是不見得多好。糯米製的食物我吃了不太消化，但還是陪她吃了幾個。

郎先生踏上前廊的時候，正好看到我們正在賞雪吃湯圓。

「有我的份沒有？」他含笑，拂去肩上的雪。

「有，有。」阿襄笑得一臉粲然，「很多呢，先生我去幫你盛呵。」就興沖沖的往廚房去。

「跑慢點，別跌了。」我喊著。

「老小子手段真是高明。」他挨著我坐下，「小阿襄越來越像人。」

我輕笑一聲，「這茶我只喝了一口，先給你吧。」將手裡的茶遞給他暖手。

「有什麼消息沒有？」他喝了茶，握著我的手，「天冷得緊，還坐在前廊。手都凍青了。」

我想跟他說，讓碁宿大人渾整一通，整個屋子都成了暖玉地板，冬暖夏涼，前廊風雪不透，哪還有機會受凍……但終究還是嘆了口氣，「一切平安。」

他點了點頭，接過茶壺親自烹茶。

當然我明白，他不是問我和阿襄、甚至沁竹園平不平安。自從碁宿大人在此住過之後，這偏院已經成了這片大陸最銅牆鐵壁的堡壘。別說眾生怎樣大規模的鬥法都打不穿，連人類的原子彈來個三顆也安然無恙。

當初碁宿大人飄然離開的消息一傳出，沁竹園的園主欣喜若狂，馬上撲回來，到處巡查，直接想闖進偏院……後果真是慘不忍睹。想想千年竹妖被打回原形可有多慘，連內丹都吐出來……他也不過是想過籬笆而已。

還是我隔著籬笆跟他說明如何出入仙陣，還叫阿襄把他的內丹還回去。原本大怒的園主一聽說是仙陣，馬上轉怒為喜。畢竟我們只是借居，走了以後，這偏院就成了他最堅固的堡壘，將來想潛修閉關，就不用花任何力氣，也不用到危險的深山野嶺。愛閉多久就閉多久，豈不快哉。

他非常大方的歡迎我們住下，愛怎麼住就怎麼住。將來他想閉關，客房得留給他就是了。

郎先生真正問的是，苗栗平不平安，島國沉了沒有。

自從碁宿大人走了之後，我們倆都憂心忡忡。想管轄他是不可能的，但他到底是我們的客人。真讓他弄垮了城市，沉了整個島，良心未免不安，多少生靈在那兒。他脾氣又不太好，個性古怪。雖說他一直憐愛生靈，不履地唯恐傷生……萬一哪個不長眼的惹到他……我不敢想像。

每天我都必看網路新聞，郎先生還刻意又弄了部筆電給我。天一亮我就擔心的翻新聞，怕看到什麼水災地震、海嘯颶風，或者是南國不該有的龍捲風或雷災……

幸好一天天的過去，頂多殺人放火（規模很小），沒任何「天災」傳出。

「萬一有，」郎先生想了想，「那也是劫數，就當應劫了吧。」

我不禁苦笑。郎先生對人類的情感薄弱，而我不同。我畢竟是人……曾經是。

他看了我一眼，端過阿襄的碗，「過年前回去呢，還是過年後？妳還是想回家吧？想給碁宿多點顧忌？」

「過年前吧……越快越好。」我淡然的說，「希望碁宿大人看在我的面子上稍微收斂是有……」

他皺緊了眉，「怎麼？」

我不答言，他卻變色了，「世宗那小子沒把我的話存在心底？」

不想正面回答，「我又沒出這院的籬笆，有仙陣在，誰進得來？總之我想回家了。」

他吃了一顆湯圓，卻發愣起來。「……妳見到世宗了麼？」

「沒。」我簡短的回答，不想繼續這個話題。

「我不想妳見他。」郎先生斷然的說，站了起來，「等等我去好好警告他，有妻室的人了……」

「別別別，」我慌起來，趕緊扯著他衣角，「沒什麼事幹嘛惹大呢？裝不知道過去吧，就要回去了……」

僵持了一會兒，他坐下，「我不想妳見他……是因為，他……」郎先生為難了一會兒，「他和我面目有幾分相似。不管妳因此或喜或厭，我都會難受。」

老這麼任性啊，這個人。

「郎先生就是郎先生，」我輕輕的說，「不會有什麼分別的。」

他沒說什麼，只是又替我斟了杯茶。

自從郎世宗在院前院後徘徊，我就知道吉量不宜久住了，開始收拾箱籠。

我還真的沒見到他的人，就是一種強烈的感覺。他畢竟是禍種第一個成功魅惑的人，不管我記不記得，願不願意，他還是第一個和我有親密關係的人。

甚至在我什麼都不知道的情形下，就「離緣」了。

說什麼一夜夫妻百日恩，實在太誇張，大夥兒都是身不由己。但要撇清徹底沒關係……也好像怪怪的。

不過，我真沒想去看看他長什麼樣子。人家嬌妻稚子，這只是個災難、劫數。就算都在這個城裡，我也不想節外生枝。

但這位世宗先生似乎不這麼想。

在吉量城住了一年多，我對妖怪真的了解多了。妖怪情感單純直接，爽快麻利。喜歡就是喜歡，絕對不囉唆。

但和人的審美觀真的有些差異。人類的審美觀第一是臉，然後身材、頭髮、聲音，接著才是氣質和內在。妖怪的審美觀也包括了臉，但排到最末，他們第一要緊的是「強大」。

強大包含的範圍很廣，不管是能力強大（修為或法術），還是獨有專精（詩詞歌賦有的沒有的，我聽說一個人類因為釀酒極精被妖怪追求），總之就是有出類拔萃的能力，才是吸引妖怪的第一要素。

我本人沒什麼強大的地方，但叩關之後，人人都認識。不說郎先生這樣愛戀（這真的是誤解），甚至連天仙都曾經憐愛過（更是誤會中的誤會），不免引來一些妖怪，尤其是世宗先生的錯愛。

但我還沒傻到沖昏頭，自以為萬人迷了。趁還沒出什麼事情，早早躲避為是。

所以郎先生冬至歸來時，我就提出要回家的要求。而他呢，不管是我的什麼要求都願意照辦，何況只是要回家。

不過在這兒住了一年，東西實在太多。我也沒打算都搬回去……畢竟我還是很喜歡吉量城，郎先生也說隔個五年十年就來小住一陣子。

我只打算帶走兩個小箱子，其他的行李，要寄放在內城的幻居，那是郎先生在吉量買的房子，不礙到什麼人的。

郎先生本來要親自幫我搬家，但本家差人來喚他，說有要緊事。他對犬封族幾近有求必應，只好找工來幫我搬。

「安心去吧，我行的。」我笑著，「郎先生慢走。」

「朱移，再見。等會兒見。」他摸了摸我的頭，就走了。

妖族的搬家工水準極高，沒多久就搬好了，趕著回偏院幫我們打掃。我覺得有點乏，讓阿襄帶他們進去，想先歇一下。

看著阿襄蹦蹦跳跳的領著大群說笑的漢子走了，正想進門，卻被叫住了。

「朱移。」

我回頭，真是千算萬算，終究有疏漏之處。而且郎先生真是不老實（雖然我早已知道），什麼面目有些相像，他和世宗像是同個模翻出來的，站在一起，驟眼還真是難分。

但我若是分不出來，就白白跟他相識相依七十餘年了。

「郎世宗先生。」我斂襟行禮。

他往前一步，東張西望。「不請我進去坐嗎？」他的聲音比郎先生清亮。

「不。」我心平氣和的回答，「剛搬家亂七八糟的，不方便招待貴客。有什麼事嗎？」

「在這兒說話，不方便。」他侷促的左右看看。

「或許改日再說吧……等郎先生在家的時候好了。」我客氣的點頭，轉身就要進去，他卻扳住我的門。

「七郎哥……不會准我見妳的。」他下定決心似的，「我一直很想見妳。我只記得一點模模糊糊的影子……」

他很冒失的用手掌遮住我滿是燒痕的左臉，我用力別開頭，許久不見的藤蔓竄了出來，卻不似以往如兒臂粗細，而是細弱纖長的枝頭嫩葉，像是無數帶微刺的長鞭打了他幾下。

我趕緊按住自己的左手，喃喃念著白衣神咒硬壓抑住。這白衣神咒還是五十幾年前，一個慈悲為懷的師太可憐我傳下的。雖然沒有皈依，但一直靠這個壓抑禍種。只是現在居然不甚聽話，好一會兒才回復成疤痕。

瞧他臉上幾條血痕，我不好意思起來，「……抱歉，傷了你。」

他卻愣愣的注視我的右臉，一點也沒發現自己在流血。「沒錯，就是妳。我一直……想再見到妳。」他不懼打，又衝過來抓住我的左手。

既不敢鬆手，怕藤蔓又起，又不能任著他這樣抓著。雖說雪深無人，等等有個人經過，我是無所謂，他家裡的嬌妻怎麼辦？

輕嘆一聲，「一切有為法，如夢幻泡影，如露亦如電，當作如是觀。」

雖說我這妖人沒有什麼本事，但顯露被禍種寄生前的容貌，還不太難。這是個非常基本的幻術，不管是人還是眾生，眼睛都很容易欺騙……何況只是顯露真實。

我顯露了我還是「玉蟾」時的容貌、模樣。

世宗先生大叫一聲，像是我的左手是燒紅的炭，用力一甩。他畢竟是久居人間的妖族，耳濡目染了人類的審美觀。

他飛快的逃走，白光一閃，就不見了。身後沙沙的踏雪聲，我轉頭，曾經要我別搶他夫君的世宗娘子披著雪白幻裳，流著淚，深深下拜。

「謝朱姑娘成全。」

擺了擺手，我覺得很累，走入了幻居，坐在箱籠上發愣。或許是我心裡湧起一股強烈的疲累，強烈到我居然忘記撤去幻術。

所以郎先生進來的時候，就看到我這副樣子……真是失禮啊，我。

「我揍了那小子一頓了。」他泰然自若的說，「朱玉蟾還是朱移，都是我的解語花。」

想撤去幻術，卻發現我無法集中心神，甚至沒辦法停止顫抖。郎先生輕輕按了按我的頭，我把臉埋在他胸前，怕他看到……雖然我知道他也不在乎。

痛痛快快的，我為「朱玉蟾」狠狠地哭了一場。

幻術維持了幾個鐘頭，我越哀傷心慌就越解不掉。

阿襄壓根沒發現我徹底走樣，姑娘長姑娘短的圍著叫。郎先生抱怨我哭完就拿後背給他看。

還是他彈了曲「陽春白雪」，我才心靜下來，解掉了幻術。

「原來朱移也會想不開。」他搖頭。

我啞然失笑。說的是，我又為什麼想不開了？到這地步，還有什麼值得想不開的？我就如同一個尋常小姑娘，會介意容貌，會失落，會哀哭。

明明再幾個月我就滿百歲整壽了。

但我還滿喜歡這種想不開的。表示我還沒有死，表示我還是個人。不管失去多少，變成什麼樣子，我還是個人。

「就想不開好了，」郎先生燦笑，「我也想不開的。」

抿了抿嘴角，「……國主喚你去做什麼？」若是辦差事，怎麼會這麼快回來？

「也沒什麼，」他從容的盤腿坐在地上，「國主打算賜我犬封國行走，和國人身分。」

我驚愕的抬頭，這不就是他努力至今的目標嗎？為何他無絲毫喜色？「你不會辭謝了吧？」

「是啊。」他平靜的說，「我辭謝了。」

我瞪著他，他笑了笑，「朱移啊，就算賜給我那些權利，我還是有一半的血統是人類，永遠都不能改變啊。或許我以前也是那麼想的：只要我夠強大，夠舉足輕重，我就可以回犬封了。但現在……」他垂下眼簾，黑髮無風自動，「我不這麼想了。」

他說，除了犬封等自命大族的妖國，一般的妖族早就不在乎混血的問題了。不但妖族間互相婚嫁，跟人類通婚也時有所聞。畢竟現在的妖怪不太講究修煉了，住在人間的時候比妖鄉還多很多很多。

而且現在也不怎麼流行舉起拳頭解決事端，畢竟讓人類的文明渲染已久。

「我要等，等犬封改變的時候。」他的神情明朗如月，「只要活得夠久，總有一天，犬封還是不得不改變的。到時候混血的孩子可以自在的在犬封長大，不會遭到放逐。若有那一天，我們就回犬封吧。我們去開一所學校，教混血的孩子。」

他眼神悠遠，嘴角噙笑，「我們在學校裡頭種很多很多的花，很多很多的樹，也把野櫻遷回來。我有好多東西想教他們呢……朱移，妳也來吧。妳可以教他們人類的種種，還可以教四書五經，最少讓他們別寫太多錯別字。小捆寫那什麼鬼信……接他的e-mail我都頭疼。十個字裡頭錯四個，真不知道他們老師怎麼教的……」

郎先生的眼睛發亮，神情是那麼好看。

這個人……這個人真是。沒想過犬封並不是我的家鄉，我這麼個植物性的妖人去了慣不慣，就這麼替我決定了。

唉，算了。就這樣吧。既然他說想要在故土教書落地生根，那就這樣吧。

「……所以你這些年這麼東奔西跑的接委託賺錢，就是存錢開學校？」我撐著頭。

「本來是。」他輕笑一聲。

「本來？那現在……」我不解了。

「現在只剩下一部分的緣故了。」他拉了拉我的頭髮，「因為我走得越遠越久，妳就會越想念我。」

……這傢伙。

「才沒有。」我斷然否認。

「是喔。」他衝著我笑，「但我會越想回到解語花這兒。」

別開頭，我沒說話，笑意卻幾乎忍不住。

那天晚上，我們就用妖怪的辦法回家了。

冬雨淅瀝，這個城市總是太潮溼，黯淡而陰沉，像是失去所有顏色。

但野櫻醞滿了米粒大的花苞，正在儲蓄力量，等待一次聲嘶力竭的盡情怒放。

第二天，郎先生就說，他要走了。「等野櫻開的時候，我就會回來住上幾天。」

為了野櫻，我懂的。「郎先生慢走。」

「朱移，」他拿掉我髮上的一片枯葉，「再見。」

跟以前千百次的分別一樣，我倚著門看他走。也知道會跟以前千百次相同，會等著他回來。

就跟這個城市年年多雨相同，不會有什麼改變。

之十　心花

我回到這個城市之後，發現比我記憶中還陰暗慘澹，跟吉量的鮮豔朝氣完全不相同。回來之後，幾乎天天是雨，午夜夢迴推枕傾聽，分外悽楚。

儘管這樣污濁、蒼白，宛如水墨畫般靜默，畢竟還是我的家鄉。沒幾天我就習慣了，像是從來沒有離開過。

讓我啼笑皆非的是，我回來不出一個月，來找碴的眾生和人類就非常熱情的前來「拜訪」。

但對峙過鬥帝君的天仙，甚至還讓他拿過我的繡繃……原本覺得那麼厲害的眾生和人類，顯得很笨拙稚嫩……甚至我沒有出手的機會。

說來說去，都要怪碁宿老大。他心不在焉的整修過阿襄的傀儡體，我就該知道一定會帶個尾巴。阿襄讓他整修過後，幻化成一個大約十來歲的小女孩，粉雕玉琢，非常可愛。

缺心眼是醫不過來的……但回到這城後，院落狹小，實在沒什麼家事可做。我偶爾摺了隻紙鶴給她玩，她愛得什麼似的，磨著我教，後來我連剪紙一起教了，小丫頭整天剪剪摺摺，開心得不得了，她摺的或剪的小動物栩栩如生，我也沒多想，只覺得她頗有這方面的天分。

第一個來找碴的，是個修煉剛滿百年的麻雀精。他裝神弄鬼的搞了一堆式神，絆了我一跤。阿襄整個大怒，衝出來又喊又叫，「欺負我們姑娘！壞蛋！敢欺負我們姑娘！」

她邊叫，她摺或剪的那些小動物落地成大動物，打壞了所有式神不說，還追得那個麻雀兒涕淚泗橫，差點沒摔死——阿襄剪的大老鷹啄殘了他一隻翅膀。

後來再來找麻煩的眾生或人類，都吃了阿襄一些苦頭。我又罵又勸，訓誡好久，才讓阿襄勉強答應趕跑算數，別傷人或眾生。

雖然說阿襄沒多厲害……但她只是寄宿傀儡體的殘魂哪。真的沒有傀儡可以使式神鬥法寶的，都怨碁宿老大太過厲害。會來找碴的，我也見慣了，實力只低不高，趕跑算了。真顯露出大本事，引起真正高人的注意，我拿什麼本事保住？

但我真煩這些不上檯面的東西。趕跑又來，打了又跑。一開始還顧忌著郎先生的面子，瞧郎先生似乎不在意，就開始呼朋引伴，成群結黨，讓我在台北隱居的日子比吉量還熱鬧。

後來郎先生跟我說，外面盛傳，禍種寄生修進花妖了，靈氣濃郁，還涵養了一隻仙器傀儡。不趁現在還稚嫩就收了，讓她們修滿百年，根基穩固了，就沒人收得了云云。

「……郎先生，你好歹也闢謠一下。」我真的有點怒了。真不該跟碁宿大人住那麼久。他都把青石板住成暖玉，我就該知道會被他「污染」。現在我還真有八成像花妖（姑且不論枯半邊），在吉量不顯，人間就異常惹眼。

他想了想，「我覺得還滿有趣的。」他轉頭問阿襄，「小阿襄，妳的小白兔真的咬痛了耗子精養的大老虎麼？」

阿襄眉飛色舞、唱作俱佳的敘述她的小白兔怎麼追得老虎元神滿園亂跑，還咬斷了尾巴。她摺的小白兔拚命挺著胸，下巴快翹上天了。

「我教都教不來，郎先生，別興著她！」我罵了。

「那起東西是要教訓一下。」郎先生漫應，又問阿襄，「老虎尾巴呢？我做個手環給妳玩。」

「姑娘要我還了，先生，人家不想還……」她滿臉委屈。

「阿襄！」我厲聲。

她垂下頭，「阿襄……很乖。」郎先生一旁笑翻過去。

我真被這一老一小氣死。看阿襄這樣，我心又軟了，牽起她，我沒好氣的說，「阿襄乖，聽話，別打架。郎先生壞而已。」

「喂喂，別這樣，」他擦著眼淚，「我哪有壞？」

哪沒有？明明就是故意看熱鬧！

即使這麼囂鬧，這一年還是平安的度過了。苗栗沒有發生天災，島國也沒有陸沉。當中我只接到一次碁宿大人的消息，含糊的說他很忙，但一切安好。

直到第二年，野櫻初綻的時候，我才見到在人間住了一年多的碁宿大人。

那天無雨卻陰，野櫻初綻，像是還沒睡醒般，空氣中含著青澀的芬芳。

郎先生千山萬水的趕回來，帶了一小罈猴兒酒。阿襄偎在我懷裡睡著了，看到一半的故事書滾在一旁。我們正坐在前廊，有一搭沒一搭的閒聊，郎先生正在跟我說這次委託的猴主連酬勞都跟他殺價。

芳香的空氣突然滲入一絲靈氣，而且越來越濃郁。像是寒泉般令人精神為之一振，春風迴捲，所有花木深深的吸了一口氣，無言的歡欣。

在風中，隱隱約約出現人影，先是輪廓，然後顏色、凝結。穿著襯衫牛仔褲的美麗人兒浮現，懸空而立，臉上戴著一副眼鏡。烏黑直到腰際的長髮束成一束，垂在背上，美麗而聖潔，讓人呼吸為之所奪。

長長的睫毛顫抖了一下，才緩緩睜開，神情還有些茫然。

「壓抑神威這麼難。」麗人長長的吐出一口氣，「連弄個瞬移都得這麼小心，真麻煩。」

我這才看出來，這是我們的天仙大人，碁宿老大。

他飄然在我們一旁坐下，自己斟了杯猴兒酒，「唷，郎小子，連花果山的猴兒酒你也敢打劫。你不怕他們老祖宗找你吵鬧？這可是他傳下來的仙酒配方。」

「這是委託的報酬。」郎先生淡淡的說。

我還怔忪著。天仙大人本來就莊嚴美麗，這我是知道。但他穿著襯衫、牛仔褲，還戴眼鏡……我真的很難接受。說真話，我對人世雖然不甚關心，多少還知道一點時代潮流。最少我知道襯衫塞進褲子裡還滿土的……但他這樣穿，卻顯得格外飄逸俊俏，連那副我覺得很難看的金邊眼鏡讓他戴起來，也平添了幾分書卷氣……

但我不知道他真的入世生活了。

他瞅見我的驚愕，「丫頭，何必驚訝？這是真材實料的粗劣人間衣物喔，可不是幻化的。」他得意的笑，「難道妳以為我這天仙只懂得出世修煉，不懂入世？」

僅僅花了一年的時間，碁宿大人不但收到徒兒，他那個七進七出國中的小徒，還真的讓他考上高中，據說成績還不錯，也沒在街頭混了。

「家裡很有錢，爸媽都各自再婚，老奶奶只會念佛，沒人管。」碁宿大人淡淡的說，「缺個人管而已，照顧個三餐教教功課，說點道理，偶爾打一頓，就聽話了。去年十月已經磕頭拜師，現在只傳了他點武藝和根基。不過已經會煮飯打掃了，這教起來很快。」

……就這樣？

「等等，碁宿大人……」我聲音有點發顫，「你親自煮飯操持家務？」

「那當然，」他睨了我一眼，「要收徒當然要收心。法術達成雖快，但卻沒辦法讓徒兒懂我的心意。讓我服侍過，他還想跑得掉？」他笑了兩聲，「你們都還嫩了點。」

……我突然覺得他很可怕。

「碁宿大人果然老謀深算，七郎佩服。」郎先生笑笑，只有我看得出他臉孔有些抽搐。他為了這罈猴兒酒不辭辛勞上山下海，結果碁宿大人一來，大杯小盞的拚命喝。

我把手底的猴兒酒遞給郎先生——可憐他才喝了一杯而已——另外喝梅酒。

「喝你幾杯酒，就得被你酸？」碁宿毫不客氣的仰頭飲盡，「你若當我師弟，仙酒隨你喝。」

「郎某不敢高攀。」郎先生趕緊喝完我遞給他的那杯，搶過酒甕就灌。

「沒規矩。」碁宿皺了皺眉，酒甕就被他吸過去，分出一線酒水到郎先生的杯子裡注滿，「好好的用杯子喝，當我師弟的人，得席不正不坐……何況以口就罈。」

「天仙大人，我們粗野半妖攀不上你們偉大的門第。」郎先生終於被激怒了。

……我真不想捲入他們這種幼稚的戰爭裡。

阿襄動了動，揉眼睛起來，看到碁宿，她笑靨如花，「天仙老爺子，你來了呵。」

「嗯，阿襄。」碁宿瞧了瞧她，微微驚訝，「真沒想到涵養得這麼好。已經是物靈了……」他摸了摸阿襄的頭，她瞇細眼睛，很舒服似的。

沉思了一會兒，碁宿對我說，「妳若疼愛這小傀儡，就讓她如人般去上學、入世。殘缺的魂魄還有希望長回來……智力就……罷了，妳是我師妹，我也說不得愛屋及烏。魂魄若全，鬼仙雖然渺茫，但也不見得全無機會……」

我沒去聽他什麼鬼不鬼仙，光聽到阿襄可以去上學入世，我心就狂跳起來。「大人，你是說……她可以發身長大，跟個人……一樣？」

「可以啊。」他淡淡的說，手掌發出淡淡的光，又皺起眉。「七郎，你用的材料也太過差勁。這樣她頂多一年一長，長到十八就長不大了，沒辦法徹底體驗人世了。」

「那是我找得到最好的材料了。」郎先生沒好氣的說，「哪能像你什麼都弄得到？」

「夠了夠了。」我慌忙說，抱著一臉莫名其妙的阿襄，潸然淚下，「這樣已經太好了。」

碁宿大人看著我，眼神柔和起來。「我說呀，你們真的來當我師弟、師妹吧。成仙有什麼不好呢……」

「免談！」郎先生暴跳了，「那是最後一杯猴兒酒了！」

他們很沒風度的爭吵，我卻破涕而笑。

碁宿大人說，他的小徒去外婆家度寒假，他趁機來瞧瞧我們。

那小罈猴兒酒沒有多少，他佔著最後半杯，偏不喝掉，在杯底晃阿晃的，看得郎先生咬牙切齒。

「你們這兒不錯呀。」他隨口讚道，「就是地氣稀薄了些。難為這株野櫻還活得下來，夠堅毅。」

微風沙沙，野櫻像是醒了過來，宛如將十來日的時程加快，瞬間就怒放了。

「還知道稱讚她呢，真厲害，才活了十餘年，如此稚嫩的生命啊。」碁宿大人笑著，拿下了眼鏡，眼底溫柔的星芒閃爍，「沒錯，妳這樣才叫做美。堅強的抓著薄薄的土，用盡力氣開花，才是最美的。這半杯就賞妳吧。」

他將手底喝殘的酒撒在野櫻上。

濃郁的芳香噴湧，花瓣隨風舒卷漂蕩，留戀的迴旋在碁宿的身上，居然印進他的白襯衫，淡淡幾許嫣紅。

那奇妙的瞬間，連我都臉紅起來。像是心底也開滿了燦爛的花，怒放著。

「糟啦！」郎先生慘叫一聲，抱住頭。「怎麼會看上這個老小子啊～」

這次碁宿沒有抗議，低頭看自己的襯衫，「噯，真的糟了。怎麼會這樣……」他蹲下身，挖出沾滿泥土的一包碎片。那是阿魁的碎片。

「……是這個催化了妳的修為啊。」碁宿有些苦惱，「怎麼辦好，不該萌發妳的心花……」

不知道為什麼，我突然明白了。原本才十幾歲的野櫻，應該無知無識才對。但因為我在她樹下埋了阿魁的碎片，算是郎先生造的妖器。憑著那些微靈氣，她開始萌發了情感，大約再幾十年就可以成妖。

但在成妖之前，因為碁宿的稱讚和半盞殘酒，得了天仙的一口氣，她居然沒趁機成妖，而是萌發了愛戀。

「她還是個孩子！」愛花成痴的郎先生跳起來，「你說！你要怎麼負責任啊?!」

正確的說，是個胎兒。不過我聰明的沒去點明。

「這怎麼能怪我？」碁宿沉下臉，「難道每個人愛上我，就可以賴在我身上？」

不，妾身從來沒這麼想。

應該無法開口，尚是櫻樹的野櫻用芬芳和風聲構成語言。

容妾身思慕，即是吾極大福分。妾身願年年遙遠芬芳，祝君平安。

這瞬間，野櫻極盡所有的力氣，怒放如燎天野火，這是我見過最美的櫻綻。可能只有幾十秒，卻是一株櫻樹最深刻的表示。轉瞬間滿天落英繽紛，留戀纏綿了碁宿一身，墮落泥塵，就此寂靜不語。

碁宿握著幾片花瓣發愣，郎先生沮喪的蹲在地上，瞪著凋盡的野櫻。

「……我沒辦法說什麼負不負責，又不是買賣。」碁宿終於說話了，他傲然的讓花瓣飄落，「但我也不會阻止妳追上來。追上來吧。」他盤腿凌空而坐，「若真的這麼執著，真的那麼喜歡，真的那麼堅強，追上來吧。想辦法感動我千萬年未曾動搖的仙心吧。」

野櫻無風自搖，落下一地露珠。

「你這是什麼態度啊？」郎先生對他吼。

「哼，笨蛋。」碁宿冷哼一聲，「連棵未成妖的櫻樹都比你聰明。」他抹下印在襯衫的嫣紅，瞬間成了一只櫻花墜子，掛在胸前。

如來時那樣突然，他又離開了，連再見都沒有說。

郎先生依舊沮喪的蹲在野櫻前面，蹲到天黑，還不想起來。

我讓阿襄去吃晚飯，也蹲在郎先生旁邊。

他還在喃喃自語，「……那老小子是天仙，還是身分很高的天仙哪……傻孩子，妳連妖都還稱不上，跟人怎麼爭？還是趕緊換個人吧，千萬不要傻氣下去……」

「……櫻樹堅心。」雖然不想，還是不得不提醒他這個殘酷的事實。

郎先生抱住頭。

這愛花成痴的傢伙，哎，真沒辦法。「懂得心花怒放的瞬間……也不枉了。」我撐著臉說。

「那有什麼好？」郎先生悶悶的說，「一輩子不識得心花滋味才好。心花怒放，迸裂處開滿血花和傷痕。」

我看了他一眼，有些詫異。回頭想想，還真是這樣的呢。「也對。但這是個人緣法和選擇了。」我輕輕嘆了口氣。

他呆了一下，「……朱移，妳也給這傻孩子說說，看能不能讓她頓悟。」

還真是無所不用其極啊，我不禁啞笑。「也沒什麼好說的……你知道我這一生蒼白。只萌發兩次心花，一次只含苞就凋謝，一次只記得感覺……」

我年少的時候，還算得上知本分，念過書當然識得禮。但禮教再嚴，還是不抵青春。十四、五，最愛做夢的年紀，雖然目不斜視，但我還是偷偷喜歡了我爹的一個學生。

有些靦腆、斯文，待人彬彬有禮。每年三節都會來拜會我爹，偶爾在街上還會碰到。

我們那個年代的女孩，怎麼可能說出口，連想到都羞死，哪敢直視？他來拜會的時候，只敢用眼角瞄一眼，就夠好幾個月回憶了。

「朦朦朧朧的，也不太懂。」我輕笑，「只覺得心底微甜羞澀……這可不是含苞麼？」深深吸了口清冷的空氣，「但我十九歲那年，就凋謝了這種心情。」

那時我已經出師當裁縫師傅了，路過一個長巷。那年頭的長巷狹小、彎彎曲曲。濛濛春雨，我撐著梧桐傘，小心的走。卻聽到暗戀的人說話的聲音。想轉身就跑，又捨不得。想來真是傻氣。我就怔怔的站在轉角，聽著他和其他年輕人說話。

他們在說春酒的事情，說哪家姑娘嬌、哪家姑娘俏，去喝春酒又可以看到誰。

暗戀的那個人說，「哪家都好，我就最不想去朱家……看到蟾蜍姐的死魚眼瞪著，飯都吃不下，還喝酒哩。」

那群年輕人都轟笑起來，說了一些根本沒有的事情。

「我轉身走啦，以後就很安分。我們這種女人，沒資格開什麼心花……」

我輕輕一笑，「看看菊圃的花倒還行。」

「何必跟瞎子計較。」郎先生聽住了，悶悶的回了一句。

「他們眼睛都好好的啦。」

「心瞎了比眼睛瞎了還厲害呢，妳不知道？」他微怒的說。

輕輕笑了起來，郎先生有時候挺護短的。「這也不能怪他們。後來我在外行走，就想通了。就像他們嫌棄我的容貌，事實上我也是的。我嫌棄他們的腦袋空空，比不上我的一丁點，更不要提強過我了。這兩種嫌棄都是偏見，我都無法免除，又何必怪別人。」

他一臉鬱鬱，好一會兒才說，「那是誰讓妳心花開了？」

我靠著他的肩膀，「後來真的心花開就是被寄生的時候啦……別生氣嘛，是你要我說的。我的確什麼都不記得，但我記得心花怒放的感覺。就是看到一個人，哪怕連容貌都不記得，你的心就像是綳的一聲，爆發無數歡喜和甜蜜，那是很美很美、很棒很棒的感覺啊……」

郎先生一臉惘然，「……是啊。真的很棒很棒……但也很痛、很痛。」

他說，他愛過一個人類，和一株花妖。

人類被他的真身嚇昏，分手了。而花妖嫌棄他是半妖，雖然濃情蜜意，還是琵琶別抱。

入夜下起雨來，他被淋得溼透，卻連擦都不擦一下，任由雨水漫過眼睛，潸然滴下。

「花妖並非解語花。」他說，「終究只要成了妖，就跟別的妖沒什麼兩樣。」

「人類有各式各樣的，眾生難道有例外？」我說，「皆是個人選擇與緣法……野櫻也不例外。」

「……心疼啊。」他失魂落魄的說，「將來幾千年的煎熬，她怎麼熬得住？」

我只是笑了笑，陪他繼續蹲下去。

「唉，我在做什麼？」他突然跳起來，拉著我，「瞧妳淋成這樣！」

「你也淋得夠溼了。」我站起來，蹲太久腿都軟了。

「真是，陪我發什麼呆呢？」他扯著我進屋，「阿襄！幫姑娘放洗澡水！」

我不知道郎先生釋懷了沒有，但等雨停，他厚厚的植了一層植土，才離家去。道別後，他又頻頻回顧，這倒是沒有過的事情。

而且他又走回來了。

「不給妳嫁，也不給妳去天上。」他突然板著臉說，「妳也不准開心花。」

「……啊？」

「聽到沒有?!」他完全不像那個冷靜又遊戲人間的郎先生了。

「聽到了，是。」我點頭，「不是還要跟你去犬封教書？其他的我怎麼有空？」

他露出一種非常柔軟的神情，碰了碰我燒傷的臉頰。「朱移，再見。」

「郎先生慢走。」我說。

他緩緩的走出我的視線。男人都是比較魯直的，我懂。不管是什麼種族的男人。以為只要命令春天不准走，春天就會停住。以為只要壓抑住，心花就不會開。

「碁宿大人說得是呢，」我對著野櫻說，「連妳都比不上，笨得緊。」

野櫻嘩然一聲，像是在歡笑。

之十一 餘韻

急切春雨中，郎先生去辦一件大案子，直到夏初也還沒有回來。橫跨兩季，當中只收到他三封家書。這已經算是多了，之前還有一年未歸，連隻字片語都沒有的。

常來作客的碁宿大人很不滿，我倒不覺得如何，早已習慣。他那人若是一頭栽下去，就全神貫注，全力以赴。還知道寫家書回來，算不錯了。

這次牽涉大了。一個人類誤闖雨師妾國，這些牧蛇的神民待他卻好，療病治傷，還派了小姑娘送他回家。但這個黑黝黝的美人兒愛上了人間的繁華，盤桓數月，又邂逅了一個遊戲人間的神于兒。

神于兒乃是夫夫之山的山神，隨身帶著大蛇化身的侍兒。他跟這雨師妾的小姑娘一見鍾情，拉著那個人類證媒，成親了。

但雨師妾國不依起來，說小姑娘已經許人了，跑來人類家裡吵鬧，不小心打傷了人類。神于兒覺得自己的大媒被打傷很沒面子，跑去雨師妾國興師問罪，又傷了幾個國人。

兩方都覺得自己理直氣壯，仇越結越深。夫夫之山和雨師妾開始積極備戰，四處邀拳。雨師妾又把氣出在人間，覺得人類忘恩負義，放了無數牧放的蛇，莫名其妙鬧起蛇災，惹怒了當地的修道者。

一下子三方準備開戰，鬧得沸沸揚揚。

本來神民、山神、人類準備打架，跟妖族沒關係。但三方都來邀妖族幫忙，幫與不幫都得罪人，只好苦命組成個使節團，推郎先生當個團長，設法說服三方能好好的談。

我跟碁宿大人解釋，他只翻了翻白眼，說了一句，「無聊！」

搖了搖頭，我泡了一泡春茶。他喝了一口，「雨水太多。」非常之嫌棄。

「人間的茶，就將就吧。」我無奈，「哪能如天上風調雨順？」

「也是。」他擱下茶，把懷裡抱著的阿襄遞給我，「不能煉更小了。頂多就六歲。」他搖頭，「七郎用的材料太糟糕，她這魂魄又殘缺得緊，沒辦法更體重煉了。若用我的家常玉料，嬰兒到一百歲都沒問題。」

我小心翼翼的接過來，「已經太好了，謝謝碁宿大人。」

阿襄成了一個六歲大小的女孩兒，粉團兒似的。正在呼呼大睡，睫毛微微顫動，就像個活生生的小女孩。抱在懷裡，還是溫熱的。

「好好歷練人世，讀書識字，從頭養起，有機會魂魄俱全。」碁宿坐在廊前，微風撩起他烏黑的髮，很是賞心悅目，「但妳想明白，她大約不太聰明，人世應付起來會有點吃力……若是小學跟不上，妳還得送去特教班，可是要費盡心血的。為了一個傀儡，妳真願意？」

「……我很願意。」我將她抱緊。

只要能讓她撿回永遠失去的人生，哪怕只有一點點，我什麼都願意。

他瞥了我一眼，輕輕嘆息。「想來也是。妳生育無望，也就這麼一個傀儡渾充小孩了。只是萬緣俱滅，終究有個了局。體悟一番就好了，可萬萬不可沉迷……」

明明知道他說的是真實，還是心底一陣酸軟欲泣。光憑這個我就成不了什麼仙，誰能想得那麼明白，或者那麼明白能做什麼。

清了清嗓子，我轉了個話題，「怎麼有空來？大人的小徒不用指點麼？」

「都上高中的男孩子了，我成天跟著做什麼？」他淡淡的，「小孩子大了，有自己的生活，需要自己去體悟。難免要遭受一點挫折，追一兩個女孩子，知道一下俗世的愛恨怨憎……」

他站起身，走到野櫻面前。每次他來訪，野櫻都很激動。為此他讓野櫻進入沉眠，說這樣衝擊比較小，不然哪能吸收日月精華，好好修行。

「若沒有體驗俗世的一切，又怎麼能夠出世修煉？」他輕輕的說，輕撫著野櫻粗糙的樹皮。

碁宿大人說，他出生於人間，是個凡人。但因為天性聰穎，被送去村巫那兒學習。

但村巫那點學問和知識很快就被他挖光了，他像塊飢渴的海綿，貪婪的吸收一切知識。年紀還很小的時候，就被送去巫師的國度——巫咸國學習，也成為有史以來最年輕的大巫，被一個大國的國主鄭重的延請去輔佐。

當了幾年輔佐，他又迷上武藝。從一個文質彬彬的大巫跨到武藝的領域，著迷了好些年，沒多久就成了一代高手，國主也覺得國富民強，需要開疆闢土，委任他當大將軍，對武藝有點厭倦的他，又狂喜的奔入軍學戰略的領域。

人間的榮華富貴、文韜武略，甚至嬌妻美眷、萬般珍饈，他都嘗遍了。

「然後我開始覺得一切都很無聊。」他喃喃著，不知道是對我說，還是對沉眠的野櫻說，「真的很無聊。所有的學問，都是一以貫之，有著根本的相似，學得越多越容易，也越容易無聊……到我三十六歲的時候，我就覺得殺人很無聊，權勢鬥爭很無聊，連魚水之歡都無聊得要命……還不如吃飯有趣點。」

碁宿大人閉著眼睛搖頭，「現在想起來都會不寒而慄，那種醒來發現一切都得如此枯燥重複的生活，不知道是怎麼熬下去的。」

就在他身兼大宰輔、大將軍，遼闊封地，一人之下萬人之上的滔天富貴時，一個巫咸國的老者來訪。

酒後，他對這位老者傾吐他無法訴說的痛苦。老者靜靜的聽，說，「你捨得拋下一切，試著尋求一條艱困但絕對不無聊的求道之路麼？」

一秒也沒有考慮，碁宿拋下所有的一切，跟著老者走了。

「這還真是我做過最有趣的決定。」他露出一絲笑容，「之後我罵了那老頭十幾年，居然把我當長工使喚。但的確，我再也不覺得無聊了。」

雖然老者不是個好老師，甚至最後老死，卻是他帶碁宿初入「道」的大門。為此，不管碁宿當面怎麼罵他糟老頭，在別人面前，甚至他逝去至今，這老者還是他唯一承認的師尊。

他原本就是為了什麼狂熱，就什麼都不管的個性。而道之精深和修煉的艱困，讓他樂此不疲，到如今還是興致勃勃。

看他這樣比手畫腳，這樣的興高采烈，我在想，根本像是個擺弄心愛玩具的小孩子。

或許，這才是他修煉如此輕易，成仙完全沒有難度的主因。他根本不是汲汲營營於成仙，而是因為有趣、好玩，有挑戰性……完全不無聊。

這或許是他獨有的「道」吧。

也因此，我越來越喜歡他，也越來越能忍受他的疲勞轟炸。碁宿是個古怪的天仙，一直不怎麼瞧得起人，也沒什麼朋友。或許我是他人間唯一的朋友，所以他也越來越常在我這兒喝茶……而且嫌棄得要命。

說不定，更大的原因是那棵大膽的野櫻。

有時候瞥見他片刻不離身，一直掛在頸項的櫻狀項鍊，我就想笑。

* * *

五月時，我送宛如生人的阿襄去上幼稚園。現在幼稚園幾乎都在玩耍，我想讓她先習慣一下團體生活，九月上小學才不會太難受。

碁宿大人雖然傀儡傀儡這樣叫，他畢竟是個護短又任性的天仙，不但徹底解決了戶口問題（我不想說戶政事務所那隻狐狸嚇得差點癱瘓的事蹟），連我的身分證都有了。

「真的要姓朱？」他問了好幾遍，「這樣七郎就可以不認帳了欸。」

「姓朱。」我才不會入他的圈套。

於是朱襄去上幼稚園，她口裡的「天仙老爺子」細心的封閉她剪紙摺紙的異能，只能作用在我們居住的空中花園，讓她像個平凡的小女孩去上學玩耍，甚至親手在她身上寫了仙符。我想沒誰有那麼大的膽子去碰身有仙符的小女生吧？

但沒有阿襄的動物大隊護航，那些來找碴的傢伙，更利用早上的時間，煩人的不斷騷擾。

打發他們是沒什麼……我手段還溫和些。但讓碁宿大人撞見一次，他就不高興了。「連我師妹都敢打？」他火冒三丈，炸了我剛泡好的茶壺和兩只杯子。

我知道他很控制了，但最近我買杯子茶壺有點煩，網路訂貨都趕不上他炸掉的速度。

「他們也不是有大本事的，」我淡淡的說，「忍忍就過了，真引來大咖的，豈不是更麻煩？」

「妳跟七郎都是討厭鬼，」他激怒了，「什麼豆點大的事情，不會求我一聲？師兄喊假的嗎？」

我們沒叫過你師兄，碁宿大人。但我很聰明的沒說出口。

「真要什麼都巴著你解決，你還會與我們這等親厚？」我看他啞口，也笑了，「罷了，大人，仗你威勢橫行，不是我們的作風。」

為了讓他平氣，我還把郎先生珍藏的香檳拿出來。我喝不出有什麼好，但碁宿大人很愛喝……當然郎先生更愛喝。

誰讓他一去那麼久不回來，喝光了活該。

本以為這事兒就過了。若這屋子腳踏實地，說不定碁宿大人會弄個銅牆鐵壁似的仙陣。但他忿忿的說，這大樓太老，建材太差，就算最弱的仙陣也非垮個乾乾淨淨不可。

只我沒想到，這個暴躁的天仙會這麼根本的解決事端，手段還不是一般的華麗。

那年夏至，這島國發生了一起轟動眾生的消息，連遠居諸海的散仙或地仙都知道了。

據說有兩個「仙器」要在玉山之巔出土了，不但出現天兆，甚至天生了仙陣。人類因為這仙陣無法進入，法力低落無法結出內丹的眾生也被扔出去，只有能力高超者才能闖過仙陣，有資格搶奪仙器。

這消息一傳出，玉山真是萬頭攢動。但真正能闖過仙陣直抵山巔的，卻只有數十個。當中還有兩個散仙和三個地仙。有的大妖私下抱怨，這些仙人居然來搶他們小輩的仙器，但這些仙人像是聾了，推個不聽不聞。畢竟沒人嫌寶貝多的。

結果到了山頭，發現一個玉樹臨風的年輕人背著手，正在悠閒的看著風景。雖然不見仙器，卻看到旁邊有不下於仙器的珍品。

三言兩語不合，立刻大打出手。結果這數十個堪稱人世頂尖高手的諸仙大妖，鎩羽而歸，有的甚至立刻搬家，上百年不敢登臨這個島國。

為什麼我知道得這麼清楚呢？那是因為，我和阿褱，就是被碁宿大人抓上山的倒楣「珍品」。

雖說碁宿大人的脾氣暴躁兇狠，但他畢竟是天仙，修道多年，深知人間於他像是個沙堡，碰碰就壞了。妖都頂多缺個幾角，人類的都市連應該防得住的颶風地震都不怎麼扛得下，更不要說他這個鬥帝君的天仙。

所以他到這個根基不太穩固的島國，真是小心翼翼，異常低調，畢竟小徒在這兒，「師弟」、「師妹」也會不依的。真的知道他身分的眾生，更是少之又少。

（知道也沒那個膽去宣揚，畢竟沒人真的想死……妖怪也不例外。）

但這次真的把他惹怒了。雖說不能大展拳腳，但使個詭計立個威還是不難的。他先裝模作樣搞個天兆，無聲無息的設好仙陣，然後把消息放出去，把對寶貝有野心，明的暗的，可能對我們不利的對象一網打盡。

仙陣先困住了本事低微的對手——可憐他們在陣裡迷路了快一個多月，沒學得辟穀的差點餓死——那些有本事闖過仙陣的，才是他的主要目標。

一開始，大抵上還算是君子之爭，他也很和氣的說，只要打得贏他，就可以把禍種寄生和仙器傀儡帶回家，還睨了我一眼。

嘆了口氣，「是，沒錯。」我不在外面削家裡男人的面子。

結果這夥兒高手精神為之一振，一一過來「請教」這個看起來修為不怎麼高的年輕人。

結果這個看起來挺好看的「小白臉」（我真替這麼說的地仙哀悼，他被整得最慘），只用一根頭髮化身，就打得所有的高手面上無光。

發現「小白臉」厲害，眾人一湧而上，打算圍毆。我本來捏把汗，沒想到碁宿大人氣定神閒的收緊神威，僅僅用拳腳，就俐落的打發了這些高手，他到底還給點面子，只打得他們爬不起來而已。

「你到底是誰？」被打得鼻青臉腫，模樣最慘的地仙吼著。

「你問我麼？」碁宿大人撣了撣袖子上的塵，「剛被貶下凡的碁宿。」

倒在地上的高手倒抽一口氣，那個地仙顫著聲音，「……鬥、鬥少昊的碁宿?!你不是在吉量……」

「東方帝的名諱是你可以叫的麼？」碁宿大人冷著臉，趁因由把那個叫他小白臉的地仙料理得更完全，簡直慘不忍睹。堂堂地仙衣破鞋歪，體無完膚，鬍子被拔個精光，一臉的血。

「你一個天仙跟我們小輩搶什麼東西……」另一個大妖沒記住教訓，居然大聲哀叫。

「我師妹被你說成東西？」碁宿大人啪啪在他臉上左右開弓，登時開了果子鋪，那倒楣大妖還沒還手餘地，「我打得你不是東西，還讓你找不到南北！」

「大人……」有比較乖覺的想討饒，但一出聲就被亂揍一通。意猶未盡的碁宿煞不住拳腳，又徹底整了一遍。

「真沒勁，就這點貨色。」他一臉失望，「這種貨色敢動我師妹？我都難過了。」他喝道，「張大眼睛瞧清楚，連心眼都擦乾淨！朱移是我師妹，郎七郎是我師弟，這小傀儡是我親煉的，誰敢動他們一點點，那怕是根頭髮……我就煉了你們來賠！聽到沒有！」

這個時候，還有誰敢跟他強嘴？一連聲的求饒，不管爬不爬得起來，都頻頻磕頭。

「也給你們個告狀的門路。」他獰笑，「有種就去天帝那兒告訟我，或者四方帝也成……」

那個仙人嚇得滿臉鼻涕眼淚，「哪兒話，哪兒話……」

他瞥見有幾個來湊熱鬧的陰差，「人間不是動拳腳的地方，地府說不定是，本尊還沒去過呢……最好告到十殿閻羅那兒……」

「不敢不敢……」那幾個陰差嚇軟了。

「或者去魔界玩玩……」他瞪著幾個小魔。

「不要不要！」小魔抱著頭縮成一團。

他冷笑一聲，放出神威。說起來還真的滿稀薄的，不如當初我和郎先生捱的十分之一呢。不過大約沒有牆壁阻擋，這些高手慘叫著飛出去，傷輕點的還能飛走，傷重點的還摔到山腳下去。

「哼，這些個小毛頭，資質如此之破爛，能修到這樣的高度不容易。成天橫兇霸道，只會欺負人，不走正路。」碁宿大人收了一臉兇相，「教你個乖，省得真送了命，可惜了這些苦功。」

我張大了眼睛，有些想笑，也有些感動。他這麼大的本事，殺個乾乾淨淨也不難。打是打得很狼狽，但四肢完全，功力未損。裝得這樣兇狠，結果還是憐惜這些眾生的努力。

他轉頭說，「瞧瞧，沒點本事怎麼行？妳跟七郎還是同我修仙吧。」又開始疲勞轟炸，但我已經不覺得煩了。

「師兄，咱們回去吧。」我輕輕的說，「沒人敢動我們了。」最少他被貶的這百年，沒什麼眾生吃了熊心豹子膽吧？

「妳不要馬上拒絕……啊？」他呆掉，「妳叫我啥？」

「師兄啊。」我笑了。

「……太好啦，」他大笑，「妳終於想通……」

「但不去天上。」我又補了這句。

他笑到一半突然停止，「……為什麼?!師兄都叫了……」

「叫你師兄，是感碁宿大人如此愛護之情，視你為兄長。」忍不住我還是想戳他一下，「再說，我們不留在人間保護野櫻，蛟靖若知了，恐怕會把野櫻當柴燒了。」

半張著嘴，他悶悶不樂的搔頭。「……蛟靖那混帳。」

趁機我勸他，「有什麼事情，還是對他說開的好。」

「才不要。」他冷冷的說，「我當他是兄弟，他當我是什麼？畏畏縮縮，一團私慾煩悶。成仙那麼久了，不如一棵野櫻坦白乾脆，我跟他有什麼說的？變成女人好了不起？告訴妳，他敢接近野櫻，有什麼鬼祟，我照樣支起拳頭揍！找我麻煩、跟我胡鬧幾千年，我還可以算了，偷天帝的東西！不把他挫骨揚灰就是戴念過往哥兒們的交情，還同他說什麼？本尊不屑與竊賊為伍！」

這個好惡分明的任性天仙一甩袖，把我跟阿襄一起抓了回去。之後只要我提到蛟靖他就生氣不理人。

看起來，只能為蛟靖胎死腹中的暗戀祈禱冥福了。

* * *

這件事情真的轟動一時，許多島國的眾生都想搬家。至於一直來找麻煩的，更是跑個乾乾淨淨……偶爾有外地來的，自以為本領足以鬥天仙的才來挑釁。

下場還真不是一般的慘。那陣子管我們這方海域的龍王非常辛勞，老要下海撈奄奄一息的真人或諸仙，不然被禁制住扔進海裡，神仙也吃不消。

但碁宿大人雖然暴躁，也不是那等五窮六絕的人物。他駐居的苗栗和我住的這棟大樓才是他的勢力範圍，其他地方他都當沒看到。所以住了好幾百年的眾生才沒被逼遷，小心翼翼的繞過苗栗和這棟大樓還是可以一切如常。

當然更沒有什麼人敢來跟我們囉囉唆唆，所以小阿襄很平安的進了小學唸書。

碁宿大人果然明智。他說得很對，小阿襄的智力實在是沒救了……功課勉強可以在及格邊緣而已，而且非常迷糊，丟三忘四。她上小學第一天就哭著打電話回來，說她把書包忘在家裡。

我每天都要看著她收書包，對課表帶課本，檢查手帕衛生紙，然後牽著她上學去，就跟尋常人家的媽媽一樣。

沒想到，我都過了百歲，才終於體會到常人的滋味。

當然，當凡人的滋味也不見得都是好的。小阿襄常被欺負，我的臉孔更是被她同學當作取笑的材料。她跟同學打過幾次架，都是因為別人笑她的媽媽是鬼臉，還誇張的學我微跛的樣子。

幫她擦眼淚，我平靜的說，「阿襄，我說過，不要打架。」

「但是他們取笑姑娘！」她抽噎。

「那是他們行為有虧，自造口業。」我摸著她的頭，「他們這樣虛擲生為人身的可貴，咱們不能跟他們一樣呀。」看她晶瑩的淚珠不斷掉下來，我也很心疼，「阿襄覺得我不是鬼臉就好了，別人我不在乎。」

「姑娘是最美的！」她撲到我懷裡哇哇大哭，「阿襄最喜歡姑娘！」

「不跟凡人生氣，喔？」我哄著她，「欺負弱小，不是我們修道人的本色。」

她點了點頭。雖然不聰明，憨憨的，但她真的很聽話，很努力。功課一遍不懂，就兩遍、三遍，直到懂為止，叫她死背是不可能的。她考試總是及格邊緣，就是答題慢，不懂得也不會去猜，如果會了，就會記一輩子。

連碁宿大人都被她感動，收她當記名弟子。一縷殘魂拜天仙當記名弟子，真的是高攀太多，碁宿大人教得也很悶，但他一直喜歡努力的人，阿襄的堅韌讓他很喜愛，也就耐煩的教下去。

我們過得很平安，也很平凡。就像我曾經偷偷企盼過，以為永遠不會有的日子。雖然方式有些不同，但我居然又有兄長和孩子，這真的是太出乎人意料之外。

至於郎先生，一直到過年才回來，我猜他是為了趕上野櫻的花期。

我迎上去，像是過去千百次的重逢一般，淡淡的。

他笑著跟我說三方都難擺平，使節團又心不齊。不過經過折衝努力，三方都各退一步，小姑娘從雨師妾國出嫁，神子兒慎重迎娶，請了修道者的頭頭為媒，和山主神主婚，爭足面子，才算平息了。

「聽說那老小子大大發威是吧？」郎先生笑了，「我就知道他會插手。」

……這傢伙。嘴巴很硬，骨子裡還不是算計天仙。

「我認他當師兄了。」我輕笑。

他馬上變色，「我說過……」

「但不去天上。」我泰然自若，「你不給我去，我當然不去了。」

但郎先生警覺的看著我，「朱移，妳是否生氣了？」

「我怎麼會生郎先生的氣。」我笑，「今年的冬茶還不錯，師兄都沒得嫌。」

茶過三巡，我們輕鬆談笑，阿襄驕傲的把她的成績單獻寶似的給郎先生看，跟他說學校的點點滴滴。

「像是我多了個貼心的小女兒。」他拿著成績單，一臉欣慰，「阿襄乖，替先生把香檳拿過來。」

「師父喝掉了。」阿襄眨著眼睛。

郎先生的臉垮下來了，「我那罈百年女兒紅呢？」

「師父也喝了。」阿襄天真無邪的說。

他慘叫一聲，衝進去找他心愛的存貨。沒一會兒衝出來，「朱移！我的酒和茶……」

「誰讓你這麼久才回來呢？」我嘆了口氣，「師兄說要喝，又不能阻他。」

「妳還說妳沒生氣！」他痛心疾首的說，「我叫那老小子吐出來！」

「我真的沒生氣呀。」扶著枴杖，我走進園子裡，指了指埋在花壇底下的箱子，「真生氣，你連一口都沒得喝。」

雖然那些讓我搶救起來的酒，頂多也只能喝上一、兩口。

「所以，我走得越久越遠，妳還是越想我，對吧？」挖出箱子，他心情大好。

「才沒有。」我笑了，「一點都沒有。」

他哼了一聲，喝了小瓶子裡的女兒紅。「妳終究只能是我的解語花，哪裡也不給妳去。」

我沒說話，只是慢慢的喝著滾燙的茶。也因此，品嚐出忍過寒冬的茶，深遠的芳香。

後記　龍行

沒想到我會再看到他。

真有些訝異。這些年碁宿大人捺著性子教阿襄，我在旁邊刺繡都聽到會了。碁宿大人重視基礎，教阿襄的是些修道者的手段和根本。我的體質實在不太適合這個法門，但一些陣法和符咒學得還行，我將符意陣法融入自己的圖畫中，被碁宿大人批評改得荒腔走板，但要抵禦尋常修道者或眾生綽綽有餘……

更不要提一個凡人。

但他侷促的站在我面前，凡人長得快，已經不是當年羞怯少年。若不是他額頭被我胡亂揑合的鬼眼痕跡，和眉目依稀相彷彿，我真認不出來他會是當年入懷求生的小雀兒。

「果、果然不是做夢。」他已經是青年模樣了，「那、那昨晚的一定不是夢，對吧？」

「孩子，」我看他這樣害怕，放緩了聲音，「你坐下來慢慢說。」

他又怕又懼的側坐在前廊，結巴了很久，才讓我聽明白。

自從年少被那隻冤親債主嚇壞過，已多年不談異語。硬著頭皮送霞草來道謝，已經是他的極限。而不妄談異語，就算他有稀薄天賦，隨著年齡和知識的累積，也就漸漸淡了這種本能。

但這個禮拜，他又被奇怪的夢糾纏。

在夢中，一個豔麗的婦人對他不斷的哭，說她要回娘家，請他跟朱小姐求情。他總是驚慌的說他不知道朱小姐是誰，那婦人哭著哭著，就突然變成可怕的怪物，撲到他身上，把他嚇得狂叫。

驚醒一身的汗，心兒突突的跳。

被糾纏了一整個禮拜，他毫無辦法，開始害怕睡覺。因為他根本不認識姓朱的小姐。直到那天他經過我居住的大樓門口，突然想起我家的門牌上面龍飛鳳舞著「朱移」。

我想了想，就明白了，不禁啞然失笑。「好，我知道了。你若再夢見那位美婦，跟她說直接來見我吧！」

他躊躇了一會兒，「……請問……」

「珍惜你身為人的福分。」我誠懇的說，「能不問就不問吧！」

他馬上變色，結結巴巴的，「難、難道……妳不是……」

「不算是。」我淡淡的說。

他嚇得轉身就跑，一路跑到樓梯口，才顫巍巍的探出一顆頭顱，「謝、謝謝……」一路乒乒乓乓連滾帶爬，壓根忘了下一層樓就有電梯。

當天夜晚，我撤去了圖畫。天空像是破了個洞似的，傾盆大雨轟然而下。雨霧朦朧中，一個美豔的婦人哭哭啼啼，伏身下拜。

「妳有什麼話不好好對我說，跑去煩個小孩子？」我沒好氣，「大家都循妳這個例，那孩子還有平安日子可以過？」

美婦嚇壞了，不斷嗚咽，「稟告上仙，小女子不敢……實在是沒辦法了，才出此下策……」她啼泣不已，風雨更提升一個檔次，我都怕野櫻會淹死。

「妳就說吧，有什麼哭的？」我抹了抹臉上的雨水。

她說她是本域龍王的小孫女，遠嫁到泰安的一處山潭。想要回娘家探親，但碁宿大人在苗栗駐守，連大點的風都沒人敢起，何況她法力低微，行動得靠狂風暴雨。碁宿大人住在苗栗四年，她就四年沒回娘家了，聽說這天仙似乎要久住到貶滿回天，她整個慌了，想來找我求情，但又有禁制擋著。

只好找上跟我有過一點緣分的小孩子托夢。

「奴家，奴家也是萬不得已……」她乾脆放聲大哭。

「什麼大事？」我頹下肩膀，「碁宿大人也不是那麼不通情理的，當面跟他提一下……」

她居然兩眼一翻，昏過去了。風雨是停了，淹水的危機解除。但我說碁宿大人把弱女子嚇成這樣實在是……

我拿起電話，打給碁宿大人。「師兄，有個龍王的小孫女要返鄉探親。」

「那跟我說幹嘛？」他沒好氣，「又不歸我管。」

「龍行必隨狂風暴雨。她就住在泰安，怕風雨擾了你……」

碁宿大人不耐煩的打斷我，「笑話，她那點水沫兒想驚擾我？……孽徒！你居然敢骰？那是為師的裝備！」

「我也能用為什麼我不能骰？」他那精神十足的小徒這麼遠就非常響亮。

「我也有坦天賦！」

「現在是你坦還是我坦？你還敢強嘴！死孽徒，敢跟我搶裝備你不要命了……」才聽到兩聲巨響，電話就掛了。不知道是好好的切斷還是乾脆的砸了。

拿著電話，我默默的掛上了，想辦法把美婦救醒。

後來我看到新聞，說苗栗狂風豪雨，媲美強烈颱風。對碁宿大人來說應該是水沫兒，但對網路機房好像不是……

等我聽說老龍王因為「管教不嚴」被碁宿叫去訓斥一頓，已經有段時間了。

我想，等明年回娘家的時候，那個倒楣孩子會被逼著來找我吧？
幽幽的，我嘆了口氣。

小番外　百年之後

「媽媽，」嬌脆的聲音喚著，「我要走了。」

朱移抬起頭，咬斷繡線，「且等等，就差一點兒，這外褂就好。」她憐惜的看著眼前的少女，「怎不等七郎回來？」

「……阿爹會眼淚不乾。他是大丈夫男子漢，哭哭啼啼，沒得敗他面子。」少女頓了頓，又好笑又溫柔的說。

「……野櫻，妳才凝結人形不久，又修入花精……比花妖差一點。」朱移雖知無用，還是輕聲勸著，「妳不如隨我們住一陣子……再說妳孤身，怎麼抵擋得住蛟靖找麻煩？」

「……碁宿大人，肯讓我追上去。」野櫻面泛紅暈，蒼白的臉頰剎那間出現霞色。「我先天不足，閉門苦修沒什麼進展，需要歷練才行。」

朱移不再勸了，她縫好外褂，讓野櫻穿上。這是火浣布，入火不傷、入水無痕，隨心念動而千變萬化，是她做了兩百多年針黹領悟出來的妙品。

而且胸口陰繡的纏枝花季，是天仙起的針，雖說狗尾續貂，但她也已經竭盡所能，用被渲染百年的仙靈之氣盡量完全了。

「這是妳的真身。」朱移淡淡的，遞給她一個拳頭大的寶珠，隱隱約約有株櫻樹，寶光流動。「妳試著收攝在體內，別讓人瞧見了，能要妳命的。」

「好的，媽媽。」她手一招，寶珠融入她的身體裡，「怕阿襄哭，我就不道別了，幫我說一聲罷。」

「好。」她送野櫻出門，「打算去哪呢？」

「先去吉量城，看看能不能蒐羅齊飛劍的材料。」她早就計畫好了，「若收齊，就在那兒把劍煉好，然後先周遊妖都十城，人世歷練一番。若覺得夠了，就起身去阿修羅道體悟，那兒據說靈氣別有一般。」

朱移淡淡一笑，遞給她一根玉簫，「碁宿大人回天，把這簫落下了。妳帶著罷，若見到他，再還給他。」

「……真能見到他麼？」她伸手接過，默然許久，「媽媽，妳瞧，他見了我，會不會很失望？」

「怎麼會？」朱移撫了撫她的額髮，「妳當他那樣的天仙，會胡亂落下什麼在妳真身之前麼？」

她頰上霞暈更盛，「我一定會再見到他，他讓我追上去呢……」

「就算讓妳追上去，也未必他會動搖仙心。」朱移輕輕的說。

「我知道，沒關係。」她抱著玉簫，「他肯允我追上去，已然太好。一生只能在他身後芳香，我已心滿意足。媽媽，諸般眾生、天人神魔，終其漫長的一生，渾渾噩噩的過去，沒能知道自己的堅持。我還未出世就懂了，我比誰都幸運哪……」

一陣香風捲起，她已踏上艱困的修煉之途。

是嗎？朱移對自己笑了笑。或許是罷。

櫻樹堅心，始終不移。可惜她掙扎著在這污穢都市的屋頂一角活下來，上不著天，下不著地，只靠一點失了地氣的土壤，先天嚴重不足。不管七郎怎麼愛護，朱移怎麼盡心，這花兒能活就已經不容易了，何況成妖？

好不容易得了天仙一口氣，卻只萌發愛戀，錯失成妖的那個好機會。

或許是和朱移住得太久，潛移默化中，氣質有些相類似，是個頑固的小小孔子之徒。雖然妖氣不足，但她嚴重愛潔，厭惡殺生，寧可改修花精也不想從花妖採補。

也因此，她薄面弱體，清秀有餘，美豔不足。跟蛟靖轉世後帶著濃重殺氣的絕豔真是天壤之別。

但也無法拖下去了。朱移內心嘆息。這人樓在她來之前已經十餘載，撐了百餘年，早該崩塌殆盡。野櫻先天不足，無法移株，還是碁宿大人用仙氣鞏固結構，這才撐下來，裡面的鋼筋早已腐朽。

即將回天前，碁宿大人來訪，站在野櫻之前，默然無語。她還在一團霧氣中，剛剛結出珍珠般的內丹，載沉載浮。

他心底明白，來不及見野櫻出世了。

「我若回天，這樓五年內必塌。」他開口，「師妹，相交一場，卻什麼也沒教妳。頭回傳授妳仙訣……卻別有用心。」

「也算我女兒了，我還得感謝師兄替她慮後。」朱移淡淡的。

「這手『移花接木』，是我跟十二花神賭鬥贏來的。能涵養草木真身，省得別人拿真身作怪。但元神必須凝聚而出，不然反有損傷。」

「我理會得。」朱移對他揖了一揖。

碁宿長歎一聲，傳了仙訣。

待碁宿回天後一年多，修成花精的野櫻方醒，朱移就把她的真身煉起來，並且和七郎一起搬離這個即將崩塌、駐足了百年的老朽大樓。

他們依舊習慣都市的氣息，搬去可以看到百里華燈的市郊山腰。花精野櫻拜七郎為父，朱移為母，和物靈阿襄姊妹相稱。但也只有短短十年而已。

她踏上了自己選擇的路。

一道絕豔的影子落在朱移的院子裡，咬牙切齒，「小妖精跑得如此之快！讓妳跑！跑得掉我百年修行也不要了～」

「妳試試看。」朱移冷冷的說，「試試看無妨。」

蛟靖把火都發在朱移頭上，「住口！要不是我閉關二十年，放得妳這妖人跟我挺腰子?!早來將你們這些妖孽滅了個乾淨！」

「念在師兄的情分上，我就不傷妳了。」朱移泰然自若，「火氣太旺，靜靜心吧。」

蛟靖撲了過來……卻被吸入一幅畫中，甚至被逼出真身。朱移展開畫軸，朝上寫了幾個字：「六十二卦　雷山小過　龍困淺灘」，一條雌蛟在裡頭翻騰滾動，滾了身泥水，卻掙扎不起，讓卦壓得死死的。

「便宜了妳。」朱移淺笑，「還可再閉關個二十年，累我替妳看守門戶。」

她將畫掛起來，拿起針線，卻覺得心不靜。阿襄買菜回來，可不知道會哭成什麼樣子。七郎大約會跟著哭，又怕她瞧見，心底不舒坦。

哪能呢？

日日澆灌了百餘載，憐愛疼惜，早就是她的孩子了。

拿出古琴，調音撥弦，悠然的「長相思」迴盪在乍雨初晴的夏日午後，綿延不絕。

作者的話

其實會寫《異語》，是因為我真的很喜歡聊齋，想要試試看這種題材，用我的筆法寫出來。

所以《異語》會有很多聊齋的味道，但畢竟我不是寫聊齋，所以還是會有很多差異性。

當然，我最喜歡的還是一男一女雙主角，寫娛樂就不太去想什麼題材夠不夠新穎，所以還是很開心的自我耽溺了。

這個設定其實想很久了，甚至禍種有兩株。但我不想去寫另一個了，我發現朱移和七郎就讓我寫得很累，我的大腦需要休息……本來是這樣打算的。

結果我還是寫了《東月季物語》，算是徹底交代了兩株禍種相似又相異的結果。

至於關於朱移的繪畫天賦，我相信一定很多人想到蟲師，但緣起卻不是蟲師。（笑）

聊齋某一篇裡頭，有講到一幅畫的馬跑出來，神駿異常，後來才知道是畫中馬。這個鮮少被提及的聊齋故事卻意外的讓我喜歡。因為沒有提過畫師是誰，何以畫中馬會跑出來，所以我做了許多假設和遐想。

女主角既然是民初的師塾先生之女，會刺繡筆墨，不稀奇吧？聊齋都有畫中馬跑得出來，沒道理她畫的蟋蟀不會蹦出來整夜吵死人。

所以我就寫了這樣可能撞遍創意的天賦，和可能被誤會到幽遊的奇特招數。

這種短篇集根本無所謂斷不斷頭，隨性而寫罷了。不過我還是很高興，即使寫得如此荒腔走板，還是有讀者一眼就看出有聊齋味，為這些讀者異語，吾之幸也。

只是每次為了放鬆被稿債壓得喘不過氣來的壓力，結果生出更多小說，實在只能苦笑不已。

另一個想說明的，是「北之狼族」。這篇的發想，的確是因為「**One night in**

北京」而來的，同時也有「回憶」。

很久以前，我就很想為這兩首歌寫故事，但不知道為什麼，我「閱讀」不到。所以這個心願成了遺憾，擱在心底也有許多年了。

一直到我寫「異語」，這個仿聊齋的小故事，朱移和七郎一出現，不知道為什麼，我就從虛空「閱讀」到這個故事了。

不但非常的合理，而且沒有絲毫問題存在。

我很高興我還是把故事寫出來了，多年的心願也終於了結。只是，這篇的原始創意並不是我所出，只能說是被觸發轉譯的，這種事情也必須要好好說明。

之所以我會這樣拚命的想寫完《異語》和《東月季物語》，除了我的確很喜歡這個題材……而且我發現，如果我一旦斬斷這種「娛樂」，許多熱情就會隨風而去，將來接續就會很困難。

但這部畢竟只是意外，我想也就是雙生孤本吧……當然故事也不會太連貫。

不過，無所謂。年歲越大，就覺得值得執著的越少。既然我就是喜歡談妖說鬼……那就這樣吧。

我六月的時候被送入急診室。到這時候我才知道我的身體到了什麼程度，沒想到我真是「得天獨厚」，兩個重大慢性病用遺傳的方式一起爆發，所以我現在都要吃高血壓和糖尿病的藥。

在這本書截稿前，我還差點再次發作，幸好有驚無險。

雖說我已經病弱多年，但到這種關頭，也逼著我終於必須好好思考。若不是被死亡的翅膀籠罩過，或許我會一直渾渾噩噩。

我終於知道，我這生最想追求、最該努力的事情，而我的時間，不知道來不來得及達成。所以，我反而定下心來，不想再浪費任何光陰。

但我現在很好，真的，或許比什麼時候都好。也謝謝大家的關心，目前病情已經穩定了。

最重要的是，我也終於洗脫了對塵世最後的掙扎，能夠心下無塵的朝我的目標奔去。

至於我的目標，暫時就讓我保密吧！（笑）

蝴蝶2009/11/13

國家圖書館出版品預行編目資料

異語 / 蝴蝶 著. -- 初版.
-- 新北市板橋區 : 雅書堂文化, 2010.01
面； 公分. -- (蝴蝶館 ; 36)
ISBN 978-986-6277-03-0(平裝)

857.7　　　　98024149

蝴蝶館 36

異語

作　　者／蝴蝶Seba
發 行 人／詹慶和
總 編 輯／蔡麗玲
執行編輯／蔡毓玲
編　　輯／劉蕙寧・黃璟安・陳姿伶・白宜平・李佳穎
封面設計／斐類設計
美術編輯／陳麗娜・周盈汝・翟秀美・韓欣恬

出 版 者／雅書堂文化事業有限公司
郵撥帳號／18225950
戶　　名／雅書堂文化事業有限公司
地　　址／新北市板橋區板新路206號3樓
電子信箱／elegantbooks@msa.hinet.net
電　　話／（02）8952-4078
傳　　真／（02）8952-4084

2010年1月初版一刷　2015年11月初版五刷　定價 220 元

總經銷／朝日文化事業有限公司
進退貨地址／新北市中和區橋安街15巷1號7樓
電話／（02）2249-7714　傳真／（02）2249-8715

Seba

Seba